Esposa olvidada

Brenda Jackson

Editado por Harlequin Ibérica.
Una división de HarperCollins Ibérica, S.A.
Núñez de Balboa, 56
28001 Madrid

I.S.B.N.: 978-84-687-8491-5
Depósito legal: M-27922-2016
Impresión en CPI (Barcelona)
Fecha impresion para Argentina:1.5.17
Distribuidor exclusivo para España: LOGISTA
Distribuidores para México: CODIPLYRSA y Despacho Flores
Distribuidores para Argentina: Interior, DGP, S.A. Alvarado 2118.
Cap. Fed./Buenos Aires y Gran Buenos Aires, VACCARO HNOS.

Prólogo

Brisbane Westmoreland llamó con los nudillos a la puerta del estudio de su hermano Dillon.

La ventana se asomaba al lago Gemma, la principal masa de agua en esa zona rural de Dénver a la que los lugareños llamaban Westmoreland Country. Para él era su hogar. Ya no estaba en Afganistán, ni en Irak, ni en Siria, y no tenía que preocuparse por las trampas, los enemigos ocultos tras los árboles o los matorrales, ni de explosivos a punto de explotar.

La cena de Acción de Gracias había terminado hacía horas y, siguiendo la tradición familiar, todos habían salido a jugar un partido de voleibol en la nieve. Luego habían vuelto dentro, y las mujeres se habían sentado en el salón a ver una película con los niños, mientras los hombres jugaban a las cartas en el comedor.

–¿Querías verme, Dil?

–Sí, pasa.

Bane cerró la puerta tras de sí y se quedó de pie frente al escritorio de su hermano, que estaba escrutándolo en silencio. Se imaginaba lo que estaría pensando: que ya no era el chico que andaba siempre metiéndose en líos, el chico que cinco años atrás había dejado Westmoreland Country para hacer algo con su vida.

Ahora era un militar, un SEAL de la Armada de los

Estados Unidos, y desde su graduación había aprendido mucho y había visto mucho mundo.

–Quería saber cómo estás.

Bane inspiró profundamente. Querría poder contestar con sinceridad. En circunstancias normales le habría dicho que estaba en plena forma, pero la realidad era otra. En la última operación encubierta de su equipo una bala enemiga había estado a punto de mandarlo al otro barrio, y había pasado casi dos meses en el hospital. Pero no podía contárselo. Le había explicado a su familia que todo lo relativo a las operaciones en las que tomaba parte era información clasificada, ligada a la seguridad de Estado.

–Bien, aunque la última misión me dejó un poco tocado. Perdimos a un miembro de nuestro equipo que también era un buen amigo, Laramie Cooper.

–Vaya, lo siento –murmuró Dillon.

–Sí, era un buen tipo. Estuvo conmigo en la academia militar –añadió Bane.

Sabía que su hermano no le haría ninguna pregunta.

Dillon se quedó callado un momento.

–¿Por eso estás tomándote tres meses de permiso?, ¿por la muerte de tu amigo? –inquirió.

Bane acercó una silla y se sentó frente a su hermano. Después de que sus padres, su tío y su tía perdieran la vida en un accidente de avión, veinte años atrás, Dillon, el mayor del clan, había adoptado el papel de guardián de sus seis hermanos –Micah, Jason, Riley, Stern, Canyon y él– y de sus ocho primos –Ramsey, Zane, Derringer, Megan, Gemma, los gemelos Adrian y Aidan, y Bailey. Y no solo había conseguido mantenerlos unidos y se había asegurado de que todos hicieran algo de provecho con sus vidas, sino que además había logrado que la Blue Ridge Land Management Corporation, el negocio que habían fundado su padre y su tío, entrase en el ranking de las quinientas empresas más importantes de los Estados Unidos.

Como era el mayor, había heredado la casa de sus padres junto con las ciento veinte hectáreas que la rodeaban. Todos los demás habían recibido en propiedad, al cumplir los veinticinco, cuarenta hectáreas cada uno. Eran unas tierras muy hermosas que abarcaban zonas de montaña, valles, lagos, ríos y arroyos.

–No, esa no es la razón –contestó Bane–; todo mi equipo está de permiso porque nuestra última misión fue un auténtico infierno. Pero yo he decidido aprovechar estos meses para ir en busca de Crystal –hizo una pausa antes de añadir en un tono sombrío–; la muerte de Coop me ha hecho ver lo frágil que es nuestra existencia. Hoy estamos aquí y mañana puede que ya no.

Dillon se levantó y rodeó la mesa. Se sentó en el borde, delante de él, y se quedó mirándolo con los brazos cruzados. Bane se preguntó qué estaría pensando. Crystal era la razón por la que sus hermanos y sus primos habían apoyado su decisión de alistarse en la Armada. En su adolescencia habían tenido una relación tan obsesiva que habían traído de cabeza a sus familias.

–Como te dije cuando viniste a casa por la boda de Jason, los Newsome no dejaron una dirección de contacto cuando se mudaron –le dijo su hermano–. Y creo que es evidente que querían poner la mayor distancia posible entre Crystal y tú –se quedó callado un momento antes de continuar–. Después de que me preguntaras por ellos contraté a un detective para averiguar su paradero y… bueno, no sé si lo sabes, pero Carl Newsome falleció.

Él nunca le había resultado simpático al señor Newsome, y no habían estado de acuerdo en muchas cosas, pero era el padre de Crystal y ella lo había querido.

—No, no lo sabía —respondió Bane, sacudiendo la cabeza.

—Llamé a la señora Newsome y me dijo que había muerto de cáncer de pulmón. Después de darle el pésame le pregunté por Crystal. Me dijo que estaba bien y que estaba centrada en terminar su carrera. ¡Bioquímica nada menos!

—No me sorprende. Crystal siempre fue muy lista. No sé si te acuerdas, pero iba dos cursos por delante del que le correspondía y podría haber terminado el instituto a los dieciséis.

—Entonces, ¿no has vuelto a verla ni a saber de ella desde que su padre la envió a vivir con su tía?

—No. Tenías razón en que no podía ofrecerle nada; era un cabeza hueca que solo sabía meterse en líos. Crystal se merecía algo mejor, y por eso decidí que tenía que convertirme en un hombre de provecho antes de volver a presentarme ante ella.

Dillon se quedó mirándolo un buen rato en silencio, como si estuviese sopesando si debía o no decirle algo.

—No quiero herirte ni enfadarte, Bane, pero hay una cosa en la que no sé si te has parado a pensar. Quieres ir en busca de Crystal, pero no sabes cómo se siente ahora con respecto a ti. Erais muy jóvenes, y a veces la gente cambia. Aunque tú aún la quieras, puede que ella haya pasado página y rehecho su vida sin ti. Has estado cinco años fuera. ¿Se te ha pasado siquiera por la cabeza que podría estar saliendo con alguien?

Bane se echó hacia atrás en su asiento.

–No, no lo creo. Lo que había entre nosotros era especial; los lazos que nos unen no pueden romperse.

–Hasta podría haberse casado –insistió Dillon.

Bane sacudió la cabeza.

–Crystal no se casaría con ningún otro.

Dillon enarcó una ceja.

–¿Y cómo estás tan seguro de eso?

Bane le sostuvo la mirada y respondió:

–Porque ya está casada; conmigo.

Dillon se incorporó como un resorte.

–¿Que estáis casados? Pero… ¿cómo? ¿Cuándo?

–Cuando nos fugamos juntos.

–Pero si no llegasteis a Las Vegas…

–Ni era nuestra intención –respondió Bane–. Os hicimos creer que nos dirigíamos allí para despistaros. Nos casamos en Utah.

–¿En Utah? ¿Cómo? Para casarte allí sin consentimiento paterno tienes que tener los dieciocho, y Crystal no tenía más que diecisiete.

Bane sacudió la cabeza.

–Tenía diecisiete el día que nos fugamos, pero cumplía los dieciocho al día siguiente.

Dillon se quedó mirándolo con incredulidad.

–¿Y por qué no nos dijisteis que os habíais casado? ¿Por qué dejaste que su padre la mandara a vivir con su tía?

–Porque aunque fuera mi esposa podrían haberme acusado por secuestro. Ya violé la orden de alejamiento del juez Foster cuando entré en la propiedad de sus padres y, por si no lo recuerdas, estuvo a punto de mandarme un año entero a un correccional. Además, conociendo al señor Newsome, si le hubiera dicho que nos habíamos casado, lo que habría hecho sería pedirle al juez que me internaran allí más de un año. Y luego habría buscado el modo de anular nuestro matrimonio, o de obligar a Crystal a que se divorciara de mí. Los dos acordamos mantenerlo en secreto… aunque eso supusiera que tuviésemos que estar separados durante algún tiempo.

–¿Algún tiempo? Han sido cinco años…

–Bueno, no entraba en mis planes que fuera a ser tanto tiempo. Pensamos que su viejo la tendría vigilada unos meses, hasta que terminara el instituto. No se nos ocurrió que fuera a mandarla a kilómetros de aquí –dijo Bane, sacudiendo la cabeza–. Antes te dije que no había visto a Crystal, pero sí conseguí hablar con ella antes de que se fuera.

Dillon frunció el ceño.

–¿Te pusiste en contacto con ella?

–Solo hablamos una vez; unos meses después de que su padre la mandara con su tía.

–¿Pero cómo? Sus padres se aseguraron de que nadie supiera su paradero.

–Bailey lo averiguó por mí.

Su hermano sacudió la cabeza.

–¿Por qué será que no me sorprende? ¿Y cómo lo consiguió?

–¿Seguro que quieres saberlo?

Dillon se pasó una mano por la cara y resopló.

–¿Es algo que roza la ilegalidad?

Bane se encogió de hombros.

–En cierto modo.

Bailey era una de sus primas, un par de años menor que él, y la benjamina de la familia. En su adolescencia habían sido uña y carne con los gemelos. Los cuatro se habían metido en todo tipo de problemas, y la amistad de Dillon con el sheriff Harper era lo que los había salvado de acabar en la cárcel.

—Y si sabías dónde estaba, ¿por qué no fuiste a reunirte con ella? —le preguntó Dillon.

—No sabía dónde estaba, y le hice prometer a Bailey que no me lo diría —le explicó él—. Solo necesitaba decirle algunas cosas a Crystal, y Bailey lo organizó todo para que pudiéramos hablar por teléfono. Le dije que iba a alistarme en la Armada, le prometí que durante el tiempo que estuviéramos separados le sería fiel, y que volvería a por ella. Esa fue la última vez que hablamos —se quedó callado un instante—. Y había otro motivo por el que tenía que hablar con ella: para asegurarme de que no se había quedado embarazada cuando nos fugamos. Un embarazo habría cambiado las cosas por completo. No me habría alistado, sino que habría ido inmediatamente a reunirme con ella para estar a su lado y criar juntos al bebé.

Dillon asintió.

—¿Y sabes dónde está?

—Bailey perdió contacto con ella hace año y medio, pero la semana pasada yo también contraté a un detective, y hace unas horas recibí una llamada suya. La ha encontrado, y salgo para allá mañana.

—¿Que te vas? ¿Adónde?

—A Texas, a la ciudad de Dallas.

Capítulo Uno

Crystal Newsome miró hacia atrás mientras se dirigía hacia su coche. Acababa de salir del edificio de Industrias Seton, donde trabajaba, y le había parecido oír pasos a sus espaldas. Intentó calmarse, diciéndose que probablemente solo habían sido imaginaciones suyas. Y todo por esa nota anónima mecanografiada que había encontrado en un cajón de su mesa.

Alguien está interesado en la investigación en la que estás trabajando. Te aconsejo que desaparezcas una temporada. Pase lo que pase, no te fíes de nadie.

Después de leerla había mirado a su alrededor, pero sus cuatro compañeros de laboratorio estaban enfrascados en sus proyectos. Se preguntaba quién habría escrito esa nota. Quería quitarle importancia, pensar que solo era una broma, pero después del incidente del día anterior…

Alguien había abierto su taquilla y no a la fuerza, sino usando la combinación. No sabía cómo la habían averiguado, pero quien lo hubiera hecho se había tomado la molestia de intentar dejarlo todo como estaba.

Al llegar a su coche entró a toda prisa y echó el cierre de seguridad. Echó un vistazo a su alrededor y salió del aparcamiento. Cuando tuvo que pararse al llegar a un semáforo cerrado, sacó la nota del bolso y volvió a leerla. ¿Que desapareciera una temporada? Aunque quisiera, no podía ausentarse de su trabajo. Estaba haciendo el doctorado y había sido escogida, junto a otros cuatro estudiantes, para participar en un programa de investigación en Industrias Seton.

Y respecto a lo de que había personas interesadas en su investigación, era algo que ya sabía. El mes anterior habían hablado con ella dos funcionarios del Gobierno que querían que continuara su investigación bajo la protección del Departamento de Seguridad Nacional. Le habían hecho hincapié en las graves consecuencias que podría tener el que los datos de su investigación cayesen en las manos equivocadas, en las manos de alguien con intenciones delictivas.

Les había asegurado que, a pesar de los avances que había documentado en su investigación, el proyecto en sí aún seguía siendo poco más que un concepto teórico, pero ellos le habían insistido en que estaría mejor bajo la tutela del Gobierno y le habían dicho que, si aceptaba, la pondrían a trabajar en colaboración con otros dos químicos que estaban llevando a cabo una investigación similar.

Aunque la propuesta era tentadora, había terminado rechazándola. Al fin y al cabo en primavera terminaría el doctorado, y ya había recibido varias ofertas de trabajo.

En ese momento, sin embargo, estaba empezando a preguntarse si no debería haberse tomado en serio la advertencia de aquellos dos hombres. ¿Podría ser que de verdad hubiera alguien detrás de los descubrimientos que había registrado en sus notas?

Miró por el retrovisor y el corazón le dio un vuelco. Un coche azul en el que se había fijado unos cuantos semáforos antes seguía detrás de ella. ¿Se estaría volviendo paranoica?

Al cabo de un rato supo que no, que no se estaba imaginando nada. Aquel coche azul aún iba detrás de ella, aunque a una distancia discreta. No podía irse a casa; la seguiría. ¿Dónde podía ir? ¿A quién podía llamar? No tenía una relación estrecha con sus compañeros de laboratorio, aunque eran estudiantes como ella.

De hecho, había uno de ellos, Darnell Enfield, con el que procuraba mantener las distancias a toda costa. Desde un principio había intentado flirtear con ella y a pesar de que le había dejado bien claro que no quería nada con él, no se había dado por vencido, y había tenido que amenazarlo con presentar una queja al director del programa. Enfadado, Darnell la había acusado de ser una estirada, y le había deseado que pasase el resto de su vida triste y sola.

Lo que ignoraba era que su vida ya era así. Muchos días tenía que hacer un esfuerzo para no pensar en lo sola que se había sentido durante los últimos cinco años. Claro que esa sensación de soledad le venía de mucho más atrás.

Hija única de unos padres mayores y sobreprotectores, se había educado en casa en vez de ir al colegio, y apenas había salido salvo para ir con ellos a la iglesia o al supermercado. Durante años ni siquiera le habían permitido salir a jugar fuera. Una de las hijas de sus vecinos había intentado trabar amistad con ella, pero lo más que podía hacer era hablar con la otra niña por la ventana de su dormitorio.

Solo la matricularon en el colegio cuando el pastor de su parroquia los convenció de que así mejorarían sus habilidades sociales. Para entonces ya había cumplido los quince años y estaba ávida de amigos, pero descubrió lo cruel que podían ser a veces los demás. Las chicas de su clase la habían tratado con desdén y los chicos se habían burlado de ella, llamándola «sabelotodo», porque iba más avanzada que ellos en sus estudios.

Se había sentido muy desgraciada hasta que había conocido a Bane, con quien se había casado en secreto al cumplir los dieciocho… y al que no había vuelto a ver desde entonces.

En su adolescencia Bane había sido su mejor amigo, alguien con quien podía hablar y que la comprendía mejor que nadie. Sus padres siempre lo habían mirado con recelo porque tenía cuatro años más que ella y habían intentado alejarla de él, pero cuanto más empeño habían puesto en ello, más los había desafiado ella.

Y luego estaba el problema añadido de que Bane era un Westmoreland. Años atrás sus bisabuelos y los de Bane habían roto su amistad por una disputa sobre los límites de su propiedad, y su padre se había negado a enterrar el hacha de guerra.

Al tener que detenerse en otro semáforo, Crystal aprovechó para sacar de su monedero la tarjeta de negocios que le habían dejado los dos funcionarios. Le habían dicho que se pusiera en contacto con ellos si cambiaba de idea con respecto a su propuesta o si advertía algo raro.

«¿Debería hacerlo?», se preguntó. Pero luego recordó lo que decía la nota: «Pase lo que pase, no te fíes de nadie». ¿Qué debería hacer? ¿Dónde podía ir?

Tras la muerte de su padre, su madre se había hecho misionera y se había ido a Haití. Podría ir a Orangeburg, en Carolina del Sur, donde vivía su tía Rachel, pero ya era muy anciana, y lo último que quería era darle problemas.

Bueno, también había otro sitio donde podía ocultarse: en Dénver, en el que había sido su hogar durante su infancia. Tras organizar los papeles de su padre, su madre y ella habían descubierto que no había vendido la propiedad después de que se mudaran a Connecticut. Y lo que le había chocado aún más era que se lo había dejado a ella en su testamento.

Crystal se mordió el labio. Volver allí supondría enfrentarse a los recuerdos que había dejado atrás. Además, ¿y si Bane estaba allí? ¿Y si había vuelto y estaba con otra mujer, a pesar de las promesas que le había hecho?

No quería creer eso. El Bane Westmoreland del que se había enamorado le había prometido que respetaría sus votos matrimoniales, y estaba segura de que antes de casarse con otra mujer al menos la buscaría para pedirle el divorcio.

Pensó en la otra promesa que le había hecho, y se preguntó si era la persona más tonta sobre la faz de la Tierra por haberle creído. Le había prometido que volvería a por ella. Pero ya habían pasado cinco años y ella aún seguía esperando. ¿Estaba malgastando su vida? Podían haber pasado muchas cosas desde que le hizo esa promesa.

Ante la ley era una mujer casada, pero lo único que

le quedaba de ese matrimonio era un apellido que nunca usaba y promesas incumplidas. La última vez que habían hablado fue después de que su padre la mandara a vivir con su tía, cuando él la llamó para decirle que iba a alistarse en la Armada.

Metió la mano en su blusa y extrajo el colgante de plata con forma de corazón que Bane, como no tenía dinero para comprarle un anillo, le había dado el día de su boda. Cuando se lo puso, le dijo que había sido de su madre, que quería que lo tuviera y que lo llevase siempre, como un recordatorio de su amor hasta que volviese a por ella.

A Crystal se le hizo un nudo en la garganta. Si tanto la quería, ¿por qué no había cumplido su promesa?, ¿por qué no había vuelto a por ella?

Su madre había mencionado que Dillon, el mayor de los hermanos de Bane, la había llamado al enterarse de la muerte de su padre. La conversación había sido breve, pero Dillon le había preguntado por ella, y lo único que le había dicho de Bane era que seguía en la Armada.

Inspiró profundamente y apartó esos pensamientos para centrarse en el coche que estaba siguiéndola. ¿Debía llamar a la policía? De inmediato descartó esa posibilidad. ¿Acaso no decía la nota que no se fiara de nadie?

De pronto se le ocurrió una idea. Estaba empezando la campaña de Navidad, y la gente iba en bandadas a comprar regalos. Se dirigiría al centro comercial más concurrido de Dallas para tratar de perder en el tráfico al coche que la seguía. Tenía que evitar a toda costa que la siguieran a casa. Una vez allí reservaría por Internet un billete de avión a algún lugar lejano, como Las Bahamas –¿por qué no?, no sería un mal destino–, recogería sus cosas y desaparecería una temporada.

¿Qué pensarían de ella cuando no se presentase en el laboratorio como todos los días? En ese momento esa era la menor de sus preocupaciones; su prioridad era mantenerse a salvo.

Una media hora después consiguió zafarse del coche que iba tras ella. Lo único que tuvo que hacer fue zigzaguear entre el tráfico hasta que el conductor ya no pudo seguirla. Y luego, para asegurarse de que lo había despistado, dio unas cuantas vueltas más por la zona.

Capítulo Dos

Bane ya estaba en Dallas. Había alquilado un todoterreno en el aeropuerto y estaba delante de la casa de Crystal, sentado al volante y con el motor apagado. Volvió a mirar el reloj. Según el informe del detective, Crystal estaba trabajando en el departamento de investigación de Industrias Seton, dentro de un proyecto enmarcado en el máster que estaba haciendo en la universidad, y normalmente salía a las cuatro.

Pero ya eran cerca de las siete y todavía no había aparecido. ¿Dónde estaría? Bueno, tal vez se hubiera ido de compras; ya faltaba poco para Navidad. O a lo mejor estaba con una amiga. Fuera como fuera, no le quedaba más remedio que esperar.

Ninguno de sus hermanos ni de sus primos se había sorprendido cuando les dijo que iba a ir a buscar a Crystal. Pero todos, excepto Bailey, que sí conocía toda la historia, se habían quedado patidifusos al enterarse de que se había casado con Crystal cuando se fugaron años atrás. Algunos le habían advertido, como había hecho Dillon, de que no debía hacerse ilusiones, pero él estaba seguro de que Crystal no habría perdido la fe en él.

Había vuelto como le había prometido, y estaba dispuesto a quedarse a vivir en Dallas si era lo que ella quería. Era lo bueno que tenía ser un SEAL, que podía vivir donde quisiese, siempre y cuando estuviese dispuesto a desplazarse para las sesiones periódicas de entrenamiento y las operaciones encubiertas a las que lo destinasen.

El pensar en su trabajo le hizo acordarse de su amigo y compañero Coop. Aún le costaba creer que lo hubiesen perdido.

Durante mucho tiempo le había ocultado a sus compañeros que estaba casado, pero le había resultado cada vez más difícil cuando se habían empeñado en presentarle a chicas para intentar emparejarlo, así que al final había acabado contándoselo.

Y lo había lamentado, porque desde ese día no habían hecho más que picarlo con todas las chicas a las que se ligaban cada vez que salían de permiso. Pero lo aguantaba con estoicidad, porque él solo quería a una mujer, y sus compañeros habían acabado por aceptar su intención de respetar sus votos matrimoniales y lo respetaban y admiraban por ello.

Estudió la casa de Crystal y sus alrededores a través del parabrisas. Las calles estaban bien iluminadas y parecía un barrio seguro. La casa en la que vivía Crystal era de ladrillo, estaba en buen estado, y el jardín muy cuidado. Lo único que la diferenciaba de las otras casas era que no tenía ninguna decoración navideña. ¿Es que ya no celebraba la Navidad? Se le hacía raro; ¡con lo que a ella le había gustado siempre!

Aunque no había podido mandárselas porque no tenía su dirección, cada uno de los años que habían pasado separados le había comprado una tarjeta por Navidad, por su cumpleaños, por San Valentín, y otra por su aniversario. Había escrito un mensaje en cada una de ellas y las había guardado en un arcón, junto con las cartas que tampoco había podido enviarle, esperando poder dárselas algún día. Ese día por fin había llegado, y por eso las llevaba todas en la maleta.

De pronto vio las luces de un coche que se acercaba. ¿Sería Crystal? El corazón le palpitó con fuerza y se preguntó si estaría muy cambiada. ¿Seguiría llevando el pelo largo? ¿Se mordería aún el labio cuando estaba nerviosa por algo?

Bane siguió el coche con la mirada hasta que se detuvo, y vio bajar a una figura femenina. Era ella. Una profunda emoción lo embargó, y se le hizo un nudo en la garganta.

La luz de una farola iluminaba sus facciones, y a pesar de la distancia pudo ver que seguía siendo preciosa. Estaba más alta, y su cuerpo adolescente se había transformado en el de una mujer, pensó, admirando lo bien que le quedaban los pantalones negros que llevaba y cómo se insinuaban sus senos bajo la chaqueta.

Mientras la observaba, su instinto de SEAL lo alertó de que algo no iba bien. Estaba entrenado no solo para mantenerse vigilante con respecto a lo que le rodeaba, sino también con la gente. Esa capacidad para reconocer indicios de peligro le había salvado la vida en más de una misión.

No sabría decir qué era, pero era evidente que a Crystal le pasaba algo. Tal vez fuera la prisa que parecía tener por entrar en la casa, o el número de veces que miró por encima del hombro. Parecía bastante nerviosa. Tal vez incluso asustada. Pero… ¿de qué?

Esperó un poco antes de bajarse del todoterreno para darle tiempo a Crystal a soltar sus cosas, cambiarse y relajarse un poco. Fueron solo veinte minutos, pero se le hicieron eternos. Tenía que averiguar qué estaba pasando.

Con el corazón martilleándole en el pecho, Crystal empezó a meter ropa en la maleta que tenía abierta sobre la cama. ¿Había sido su imaginación o habían estado observándola al llegar? Había mirado a su alrededor antes de entrar en la casa y no había visto a nadie, pero aun así…

Inspiró profundamente. No podía perder los nervios; tenía que mantener la cabeza fría. Decidió que dejaría allí el coche y unas cuantas luces encendidas para que diera la impresión de que estaba en casa. Llamaría a un taxi para ir al aeropuerto, y solo se llevaría lo imprescindible.

Únicamente haría una excepción, decidió, bajando la vista al álbum de fotos que tenía en sus manos. Lo había comprado justo después de haber hablado con Bane por última vez.

Antes de volver a Dénver, después de que se fugaran juntos, Bane la había convencido para que terminara el instituto. Le había dicho que aunque sus padres no la dejasen verlo podrían soportarlo, que solo serían unos meses, hasta que acabase los exámenes.

No habían contado con que fueran a mandarla a kilómetros de allí, pero aun así había estado convencida de que iría a buscarla cuando terminara el curso.

Sin embargo, un par de meses después de abandonar Dénver había recibido una llamada de él. Había dado por hecho que la llamaba para decirle que no podía soportar más aquella separación forzosa y que iba a ir a buscarla, pero no había sido así.

Bane quería saber si se estaba embarazada y, cuando le contestó que no, le dijo que se había alistado en la Armada y que se iba a hacer la instrucción en un cuartel en los Grandes Lagos, en Illinois. Le explicó que sentía que necesitaba crecer, aprender a ser responsable y convertirse en un hombre digno de tenerla como esposa. Le aseguró que cuando hubiera cumplido ese objetivo iría en su busca, le prometió que durante el tiempo que estuviesen separados respetaría sus votos matrimoniales, y ella le hizo la misma promesa y decidió hacer como él: hacer algo por sí misma. Por eso cuando terminó el instituto se matriculó en la universidad.

Se sentó en el borde de la cama y se puso a pasar las hojas del álbum que había preparado para él. Incluso había hecho que grabaran su nombre en la cubierta. Durante el tiempo que habían estado separados había ido añadiendo fotos en distintos momentos, una especie de crónica de su vida durante esos años. Había fotos de su graduación en el instituto y la universidad, y otras de pequeños momentos que quería compartir con él. Con un suspiro, guardó el álbum en la maleta.

Ya había hecho la reserva para las Bahamas. Sería algo así como unas vacaciones, se dijo; las primeras que se tomaba en cinco años. Llamaría a su madre y a su tía, cuando ya estuviera allí.

Momentos después ya había sacado la maleta al salón y se disponía a pedir un taxi por teléfono cuando sonó el timbre de la puerta.

Se quedó paralizada. ¿Quién podía ser? Retrocedió en silencio hacia el pasillo que iba a su dormitorio, rogando por que quien fuera se cansara de esperar y creyera que no estaba en casa. Contuvo el aliento cuando el timbre volvió a sonar. ¿Podría ser que alguien la hubiera visto entrar en la casa y supiera que estaba allí?

Como pasó un buen rato sin que el timbre volviera a sonar, suspiró aliviada, pero de repente se oyeron un par de fuertes golpes en la puerta. Tragó saliva. Podía contestar o seguir fingiendo que no estaba allí. Como la segunda opción no había funcionado, fue al dormitorio y sacó la pistola que guardaba en la mesilla de noche. Aquel barrio era muy tranquilo, pero la había comprado porque una mujer que vivía sola debía tomar ciertas precauciones.

Cuando regresó al salón sin hacer ruido, volvieron a llamar al timbre. Se detuvo a unos pasos de la puerta.

–¿Quién es? –preguntó, apretando con fuerza la pistola entre sus manos.

Hubo un momento de silencio y, entonces, una voz contestó:

–Soy yo, Crystal, soy Bane.

Capítulo Tres

A Crystal casi se le cayó la pistola de la mano. «¿Bane? ¿Mi Bane? No puede ser…», pensó, dando un paso atrás. Tenía que ser un impostor. Ni siquiera parecía su voz. Sonaba más profunda, más ronca. Pero si no era él, si era un truco… ¿Quién sabía de su relación con Brisbane Westmoreland? Y si de verdad era él, ¿por qué se había presentado en ese momento?

–Usted no es Bane. Márchese o llamaré a la policía –amenazó alzando la voz–. Tengo una pistola y la usaré si es necesario.

–¡Por amor de Dios, Crystal Gayle! Soy yo, Bane. De verdad.

Crystal parpadeó. Nadie la llamaba así excepto sus padres… y Bane. De adolescente odiaba su nombre completo, pero desde el día en que Bane, que lo sabía, había empezado a llamarla así para picarla, había dejado de importarle. ¿Podía ser que de verdad fuera él?

Dio un paso hacia la puerta y escudriñó por la mirilla. Vio un par de ojos castaños y de inmediato reconoció en esa mirada a Bane.

Estaba a punto de abrir cuando se acordó de la nota. «No te fíes de nadie…». Pero Bane no era cualquiera, se dijo. Quitó el cerrojo, abrió y dio un paso atrás.

Bane siempre había sido alto, pero estaba mucho más alto de lo que recordaba. Y, mientras que el Bane

23

del que se había separado hacía cinco años era un adolescente desgarbado, el que tenía frente a sí era todo músculo. Hasta sus facciones se veían distintas, más definidas, como si las hubiesen esculpido a golpe de cincel y martillo. Estaba guapísimo.

Y no solo se le veía más mayor y más maduro, sino que, a pesar de los vaqueros, la chaqueta de cuero, las botas y el sombrero vaquero, saltaba a la vista que era militar. Se le notaba en el porte, en la posición erguida y marcial que mantenía todo el tiempo.

Bane entró, cerró la puerta tras de sí y se quedó mirándola en silencio. El corazón le palpitaba con fuerza. Una parte de ella quería abrazarlo, decirle cuánto se alegraba de verlo, cuánto lo había echado de menos... pero aquel Bane era un extraño para ella.

—Hola, Crystal.

Sí, no había duda de que su voz se había vuelto más profunda... y de lo más sexy.

—Hola, Bane.

—Tienes buen aspecto.

—Tú también. Estás muy cambiado.

Cuando Bane sonrió, una sensación cálida afloró en su pecho. Seguía teniendo la misma sonrisa, esa sonrisa que iluminaba todo su rostro y dejaba al descubierto sus dientes, blancos y perfectos.

—Es que he cambiado; ya no soy el mismo. El Ejército te cambia.

Sus palabras la inquietaron. ¿Estaba tratando de insinuar algo más, como que esos cinco años lo habían hecho cambiar en otros sentidos? ¿Se habría presentado allí para decirle que quería el divorcio para poder casarse con otra mujer?

El corazón le dio un vuelco, pero tragó saliva y se negó a dejarle entrever su dolor. No le quedaba más remedio que aceptarlo. Además, tampoco sabía si le habría gustado ese nuevo Bane, se dijo. Probablemente le estaba haciendo un favor. Pero eso no la consoló.

–Está bien –murmuró, yendo hasta la mesita para depositar sobre ella la pistola–. Si has traído los papeles para que los firme, dámelos y acabemos con esto.

Bane arqueó una ceja.

–¿Qué papeles?

En vez de contestarle, Crystal miró su reloj. Tenía que pedir el taxi ya; tenía que irse al aeropuerto. Su vuelo despegaba en tres horas.

–¿Crystal? ¿De qué papeles estás hablando? –repitió Bane.

Lo miró y, sin saber por qué, sus ojos bajaron automáticamente a sus labios, los mismos que la habían enseñado a besar y que tanto placer le habían dado. Inspiró temblorosa y respondió:

–Los papeles del divorcio.

–¿Crees que he venido por eso? ¿Para pedirte el divorcio? –le preguntó él con aspereza.

Ella le sostuvo la mirada.

–¿Por qué otra razón podrías haber venido si no?

Bane se metió las manos en los bolsillos de los vaqueros y separó las piernas en una pose tan desafiante como sexy, que resaltaba sus anchos hombros y su torso musculoso.

–¿Te has parado a pensar que quizá haya venido a cumplir la promesa que te hice?

Crystal parpadeó.

–Bueno, han pasado cinco años –murmuró.

–Te dije que volvería.

–Sí, pero nunca pensé que tardarías cinco años en volver –insistió ella, plantando las manos en las caderas–. Cinco años sin saber nada de ti. Además, acabas de decir que has cambiado.

Bane frunció el ceño, visiblemente confundido, y respondió:

–He cambiado, sí, porque ser un SEAL te cambia, pero eso no tiene nada que ver con…

–¿Un SEAL? ¿Eres un SEAL?

–Pues sí.

–Sabía que te habías alistado en la Armada, pero pensaba que te habrían destinado a una fragata.

–Bueno, así habría sido si no fuera porque el que fue mi capitán durante la instrucción pensó que encajaría bien en los SEAL. Se ocupó de todos los trámites para enviarme a la escuela naval.

–Vaya… No tenía ni idea.

–Lo imagino. Bailey me dijo que perdió el contacto contigo hace un par de años.

Crystal no quiso decirle que había sido algo deliberado, porque, como su prima no podía darle ningún detalle acerca de Bane, sus llamadas se le habían hecho cada vez más deprimentes.

Aquella peculiar regla había sido idea de él. Le hizo prometer a Bailey que, aunque él le preguntara por ella, o ella por él, no les diría nada excepto si el otro se encontraba bien. Había pensado que cuanto menos supieran de la vida del otro, menos tentados se sentirían de intentar reunirse antes de tiempo, antes de que él hubiese podido cumplir el objetivo que se había fijado de convertirse en un hombre de provecho.

–Aunque hubiéramos mantenido el contacto, tampoco me habría dicho qué estabas haciendo –le espetó–. Eso fue lo que le hiciste prometer, ¿recuerdas?

–Podrías haber llamado a mi hermano Dillon –apuntó él, recorriéndola con la mirada.

Probablemente estaría fijándose, como ella había hecho con él, en cuánto había cambiado. Ya no era la chica de dieciocho años recién cumplidos con la que se había casado, sino una mujer hecha y derecha de veintitrés.

–No, no podía llamar a tu hermano ni a ningún otro miembro de tu familia –le dijo, volviendo a mirar su reloj–, y tú sabes por qué: porque me veían como la culpable de que siempre estuvieses metiéndote en problemas.

Bane suspiró y sacudió la cabeza.

–Eso no es verdad, pero podríamos tirarnos horas discutiendo, y hay algo que quiero preguntarte.

–¿El qué?

–¿Por qué tienes esa pistola?

¿Cuántas veces había soñado con reunirse con Crystal por fin?, se preguntó Bane. Sin embargo, las cosas no estaban saliendo tal y como esperaba. Tenía la esperanza de que, a pesar de los años que habían pasado separados, al menos habría un beso, un abrazo… algo. En cambio, Crystal estaba a metro y medio de él, como si no acabase de comprender qué estaba haciendo allí.

Él, por su parte, no conseguía entender por qué había dado por hecho que quería el divorcio solo porque le hubiese dicho que había cambiado.

Crystal se mordió el labio, y de nuevo se encontró pensando en lo preciosa que estaba. Su belleza no había hecho sino aumentar con el paso de los años. ¿Y de dónde habían salido todas esas curvas?, se preguntó, admirando una vez más su femenina figura, ataviada con unos vaqueros ajustados, un suéter y unas botas. Se había cortado el pelo, y le sentaba muy bien. Estaba seguro de que a diario tendría que andar espantando a los hombres como moscas.

Se moría por tocarla. Hubiese dado lo que fuera por recorrer con los dedos la curva de sus caderas, sus nalgas, y tomar sus pechos en sus manos.

—¿Por qué tienes una pistola? —inquirió de nuevo—. Te vi bajarte del coche y entrar en casa. Parecías nerviosa. ¿Han intentado entrar en tu casa?

—No.

—Entonces, ¿qué es lo que pasa? ¿Por qué tenías esa pistola en la mano y qué hace ahí esa maleta? ¿Es que vas a algún sitio?

Al ver que no respondía y que no parecía dispuesta a hacerlo, a juzgar por la expresión de rebeldía en su mirada, le hizo una pregunta que no había querido hacerle, pero que necesitaba que le respondiera, y rogó para sus adentros por que estuviera equivocado.

—¿Sales con alguien que te está dando problemas?

Capítulo Cuatro

Aquella pregunta enfureció a Crystal.

–¿Que si estoy saliendo con alguien? ¿Estás acusándome de serte infiel?

–No te estoy acusando de nada, pero me parece raro que no quieras contestar a mis preguntas. ¿A qué viene tanto secretismo?

–No eres el único que ha cambiado, ¿sabes? Igual que tú no eres el mismo, yo tampoco soy la misma persona que era hace cinco años.

–Pero has respetado nuestros votos matrimoniales.

Lo había dicho con tal certeza, que a Crystal le entraron ganas de preguntarle cómo estaba tan seguro. Pero sí, tenía razón.

–Sí, los he respetado.

Bane asintió.

–Pues antes de que te asalten las dudas y empieces a imaginarte cosas raras, deja que te diga que yo también.

Imposible. No es que no le concediese el beneficio de la duda, porque seguramente había intentado resistir la tentación, pero la mayoría de los hombres no podían pasar sin sexo mucho tiempo. Y ella sabía de primera mano lo mucho que al Bane que conocía le gustaba el sexo. Resultaba difícil de creer que hubiese cambiado también a ese respecto, sobre todo con ese nuevo aspecto tan viril, tan de macho alfa.

–Y ahora, volviendo al tema del que estábamos hablando… ¿por qué tenías esa pistola en la mano cuando has venido a abrir, y qué hace ahí esa maleta?

Por el mismo motivo que no quería involucrar a su madre ni a su tía Rachel, tampoco quería involucrarlo a él. Tal vez debería haberle mentido y haberle dicho que sí estaba saliendo con alguien. Así quizá se habría puesto furioso y se habría marchado, y ella podría haber pedido ese taxi y estar ya camino del aeropuerto.

Se mordió el labio e intentó pensar una excusa que sonara razonable, una verdad a medias.

–Me voy de viaje.

Él la miró a los ojos y le preguntó:

–¿Por negocios o por placer?

–Por negocios.

–¿Y dónde vas?

Si le dijese que a las Bahamas pondría en tela de juicio que fuera un viaje de negocios, así que respondió:

–A Chicago.

–Pues me voy contigo.

Una ansiedad repentina se apoderó de Crystal, que parpadeó.

–¿Que te vienes conmigo?

–Pues claro. Estoy de permiso, así que no hay problema –respondió él calmadamente–. Además, nos vendrá bien pasar tiempo juntos para ponernos al día y recuperar el tiempo perdido.

Crystal supo que estaba perdida cuando Bane le preguntó con esa voz aterciopelada:

–Es lo que quieres tú también, ¿no?

La idea de pasar tiempo a solas con Bane y recupe-

rar el tiempo perdido hizo que Crystal sintiera mariposas en el estómago. Ya no era una adolescente que tenía
que hacer lo que le decían sus padres; ahora era una
mujer madura y dueña de su vida.

Como si supiera lo que estaba pensando y quisiera
acabar de convencerla, Bane le acarició la mejilla con
los nudillos y le susurró:

—Me muero por conocer mejor a la nueva Crystal.

Cuando dio un paso hacia delante, acercándose
a ella aún más, notó que estaba excitado. El sentir el
miembro erecto de Bane empujando contra su vientre
hizo que se despertara el ansia que hasta ese momento
había permanecido dormida en su interior.

Reprimió un gemido y lo miró a los ojos. Bane había dicho que él también le había sido fiel durante esos
cinco años. Cinco años de deseo contenido… El solo
pensamiento hizo que la asaltase una ola de calor.

Bane se inclinó lentamente hacia ella para besarla.
En eso no había cambiado: siempre había ido despacio,
para que se sintiera cómoda a pesar de la diferencia
de edad entre ellos y de que él tenía más experiencia.
Siempre la había tratado con una ternura especial.

De pronto ya no le importaba que los dos hubiesen
cambiado; quería que la besase, que la acariciase… En
realidad quería mucho más, pero por el momento se
conformaría con eso, incluso aunque no fuese a haber
otro momento. Por eso, se agarró a sus hombros y se
puso de puntillas para plantar sus labios sobre los de él.

Los labios de uno se movían contra los del otro con
la misma naturalidad con que respiraban, y a Bane lo

alivió comprobar que aquellos cinco años de separación no habían disminuido el deseo mutuo que siempre habían sentido.

Cuando Crystal deslizó la lengua dentro de su boca, los recuerdos de la última vez que se habían besado inundaron su mente. Fue en su noche de bodas en un pequeño hotel de Utah. Recordaba poco de la habitación, pero sí lo que habían hecho en ella durante buena parte de la noche.

Ahora estaban creando juntos nuevos recuerdos. Había soñado y esperado tanto tiempo ese momento… Le rodeó la cintura con los brazos y la atrajo hacia sí, deleitándose en la gloriosa sensación del cuerpo de Crystal pegado contra el suyo.

Cuando succionó su lengua, los latidos de su corazón se dispararon, y su miembro endurecido palpitó, constreñido por la cremallera del pantalón. Por más que se esforzó por reprimir su deseo, aquellos cinco años le habían pasado factura y de pronto se encontró devorando su boca y enroscando su lengua con la de ella, casi con frenesí.

Pero tenía que parar, o acabaría tomándola en brazos y llevándola al dormitorio. Tenía que demostrarle que había cambiado de verdad, que ahora era más juicioso, y que el esfuerzo que habían hecho al permanecer separados todos esos años no había sido en balde.

De mala gana puso fin al beso. Sin embargo, aún no se sentía preparado para apartarse de ella, y se arriesgó a soliviantarla bajando las manos de su cintura a su trasero. Y luego, como Crystal no protestó, le acarició la espalda antes de volver a tomar posesión de sus nalgas.

Ahora que Crystal volvía a estar en su vida no podía

imaginarla sin ella, y ese pensamiento le hizo reiterar lo que acababa de decirle hacía un momento:

—Me voy a Chicago contigo.

Crystal, que aún estaba recobrándose del beso, echó la cabeza hacia atrás para mirar a Bane. La pasión la había consumido de tal modo que por un momento se había olvidado de todo, pero las palabras de Bane la devolvieron a la realidad. No podía dejar que la acompañase.

Estaba a punto de abrir la boca para decírselo cuando le sonó el móvil. Se puso tensa nada más oírlo, y se preguntó quién podría estar llamándola. Le había dado a muy poca gente su número.

—¿No vas a contestar? —susurró Bane junto a su oído, antes de besarla en el cuello.

Crystal tragó saliva. ¿Debería hacerlo? Tal vez fuera alguien de la compañía aérea; tal vez hubiera algún problema con su vuelo.

—Sí —dijo, y se apartó de él para ir a por el teléfono, que estaba en la mesita, junto a la pistola—. ¿Diga?

—No intente escapar, señorita Newsome. La encontraremos.

Capítulo Cinco

A Crystal el corazón le martilleaba contra las costillas cuando se cortó la llamada. ¿Quién era ese hombre? ¿Cómo había conseguido su número? ¿Y cómo podía saber que estaba intentando escapar?

Se volvió hacia Bane, que debió de notar su inquietud, porque de inmediato fue junto a ella.

–Crystal, ¿qué ocurre?

Ella inspiró profundamente, sin saber qué hacer ni qué decir. Se quedó mirándolo, y se mordió el labio. ¿Debía contárselo? La nota decía que no confiara en nadie, se recordó una vez más, pero ¿cómo no iba a confiar en la única persona en la que siempre había confiado?

–No lo sé –murmuró. Fue a por su bolso y sacó la nota–. Hoy he encontrado esto en un cajón de mi mesa –dijo tendiéndosela–. No sé de quién es –esperó a que la leyera y cuando alzó la vista añadió–: Ayer abrieron mi taquilla y hoy, cuando volvía a casa vi que un coche estaba siguiéndome. Al principio pensé que eran imaginaciones mías, pero era evidente que el conductor, aunque estaba guardando una distancia discreta, iba detrás de mí. Conseguí darle esquinazo cerca de un centro comercial.

–¿Y la llamada de ahora? –inquirió él, escrutándola con la mirada.

Crystal le repitió lo que había dicho aquel tipo y Bane se quedó callado un momento.

–¿Por eso está ahí esa maleta? ¿Ibas a hacer lo que te aconseja la nota, desaparecer una temporada?

–Sí. El mes pasado estaba almorzando en un restaurante y se me acercaron dos hombres. Me dijeron que eran funcionarios del Gobierno y me enseñaron su placa para demostrármelo. Estaban al tanto del proyecto en el que estoy trabajando en Industrias Seton y me dijeron que al Departamento de Seguridad Nacional le preocupaba que mi investigación pudiera caer en las manos equivocadas. Me hicieron una oferta para proseguir con mi investigación bajo la tutela del Gobierno en Washington junto con otros dos químicos, pero la rechacé. No insistieron, pero me advirtieron de que había gente que estaba interesada en usar mis descubrimientos con propósitos delictivos y que harían lo que fuera para conseguir esos datos. Me dejaron su tarjeta y me dijeron que me pusiera en contacto con ellos si notaba algo raro.

–¿Y los has llamado?

–No. Después de leer esa nota ya no estaba segura de en quién podía confiar.

–¿Aún tienes esa tarjeta? ¿Puedo verla?

Crystal alcanzó su bolso, sacó la tarjeta y se la dio. Bane la estudió en silencio antes de sacar su móvil para hacerle una foto.

–¿Qué haces?

–Asegurarme de que esos tipos son quienes dicen ser –contestó Bane mientras tecleaba en su móvil–. Voy a enviarle una foto a un amigo que puede comprobarlo –le devolvió la tarjeta–. ¿En qué clase de investigación estás trabajando?

Ella vaciló un momento antes de responder.

–Tecnología Furtiva, o T.F., como solemos llamarla para abreviar.

–¿Tecnología Furtiva?

Crystal asintió.

–Hacer invisibles los objetos.

Bane enarcó una ceja.

–¿Estás investigando un modo de hacer invisibles los objetos?

–Aún no lo he perfeccionado, pero dentro de poco podré hacer las primeras pruebas.

Como era un SEAL, Bane estaba al tanto de avances tecnológicos que la mayoría de la gente desconocía, sobre todo en lo que se refería a armamento, pero nunca hubiera pensado que se pudiese hacer invisible un objeto al ojo humano. No era difícil imaginar el caos que provocaría un invento así si cayese en manos erróneas.

–Por eso me voy –añadió Crystal.

Él asintió.

–Y por eso yo me voy contigo.

Crystal sacudió la cabeza.

–No puedes venir conmigo, Bane, y no tengo tiempo para ponerme a discutir contigo. Voy a perder mi vuelo.

Viendo que no iba a conseguir convencerla, Bane le preguntó:

–¿Cómo pensabas ir al aeropuerto? ¿En tu coche?

–No, mi idea era dejarlo aquí y pedir un taxi.

–Pues te llevo yo; podemos hablar un poco más de camino allí.

Crystal vaciló un momento antes de aceptar su ofrecimiento.

—De acuerdo. Dame un momento para acabar de cerrar la casa; no tardaré ni cinco minutos.

Bane la siguió con la mirada mientras iba de habitación en habitación, apagando luces y desenchufando aparatos eléctricos. Cuando volvió al salón y se agachó para recoger algo del suelo, sus ojos se posaron en su redondeado trasero, y al ver la tela de los vaqueros de Crystal ponerse tirante sintió una ráfaga de calor.

—Al menos donde voy hará buen tiempo —comentó ella distraídamente, mientras se incorporaba.

Bane frunció el ceño. ¿Sol en Chicago en esa época del año? Sus ojos se encontraron, y por la expresión de Crystal comprendió que se le había escapado sin querer.

Bane cruzó el salón y se plantó delante de ella.

—¿Me has mentido?

Crystal contrajo el rostro.

—Está bien, sí, te he mentido: no voy a Chicago, sino a las Bahamas. Pero si te he mentido ha sido por tu bien.

—¿Por mi bien? —repitió él, mirándola de hito en hito.

—Sí. Por mi culpa te metiste en problemas en el pasado y no puedo dejar que eso vuelva a ocurrir.

Bane no podía creer lo que estaba oyendo. ¿Es que no sabía que lo que hizo en su adolescencia lo había hecho por voluntad propia? En aquella época habría hecho cualquier cosa para estar con ella. Su familia pensaba que estaba loco, y en cierto modo lo estaba: loco por ella.

–Deja de pensar que me metía en líos por tu culpa; cuando nos conocimos ya me había metido en unos cuantos. Es más, cuando empezamos a salir empecé a comportarme de un modo más responsable.

–Pues yo no lo recuerdo así.

–Porque solo recuerdas lo que tus padres querían que recordaras –le espetó él–. Sí, desafiaba a tu padre cuando intentaba separarnos, pero no era un delincuente ni nada de eso. Al menos no después de conocerte a ti –añadió con una sonrisa–. A partir de entonces intenté conducirme de un modo más maduro porque quería impresionarte. Hasta diste en el clavo con la razón del comportamiento rebelde que teníamos Bailey, los gemelos y yo: la pérdida de nuestros padres en aquel accidente de avión. Su muerte nos abrumaba hasta tal punto que nuestro comportamiento temerario era la única manera que encontrábamos, inconscientemente, de sacar fuera nuestro dolor. ¿Te acuerdas de las largas conversaciones que solíamos tener?

Crystal asintió.

–Sí, lo recuerdo. Nuestras familias pensaban, cada vez que el sheriff nos encontraba, que habíamos estado haciéndolo en tu camioneta, cuando lo único que hacíamos era charlar y besarnos. Intentaba explicárselo a mis padres, pero no me escuchaban. Porque tú eras un Westmoreland y siempre pensaban lo peor.

Sí, el sheriff los había pillado varias veces besándose en su camioneta, pero como Crystal había dicho, no habían ido más allá porque él había decidido esperar a que ella fuera un poco mayor. La primera vez que lo hicieron fue cuando ella había cumplido los diecisiete, dos años después de que empezaran a salir.

Al menos Dillon le había creído cuando le aseguró que no la había tocado. Sin embargo, por la relación tan intensa que tenían, era evidente que acabarían haciéndolo antes o después, así que su hermano, en vez de reñirle, le aconsejó que, llegado el momento, tenía que comportarse de un modo responsable y tomar las precauciones necesarias.

Nunca olvidaría la noche que por fin hicieron el amor. No fue en el asiento de atrás de su camioneta. La llevó a una cabaña que había construido para ella, como regalo de cumpleaños, en las tierras que iba a heredar, el rancho que bautizaría con el nombre de La Ponderosa.

Jamás olvidaría aquella noche. La larga espera casi había podido con ellos más de una vez, pero esa noche supieron que habían hecho bien al esperar. Fue increíblemente especial, y Bane supo entonces que quería pasar el resto de su vida a su lado.

Esa misma noche le pidió que se casara con él cuando terminara sus estudios, y ella le dijo que sí. Y ese había sido el plan hasta que los padres de Crystal se lo pusieron aún más difícil.

Ella, en represalia, se negó a ir al instituto, y cuando sus padres amenazaron con que harían que lo mandaran a un reformatorio si entraba en su propiedad, Crystal y él se fugaron. Con lo que ninguno de los dos había contado era con que sus padres la mandarían lejos de Dénver después de que el sheriff Harper los encontrara.

Él estuvo a punto de desvelar que se habían casado porque le parecía que no tenían derecho a separarlos, pero Dillon le dijo algo que le hizo pararse a pensar: Crystal, con tal de llevarles la contraria a sus padres, no querría volver al instituto, y sería una lástima que desperdiciara su inteligencia.

Fue entonces cuando decidió hacer el sacrificio de separarse de ella una temporada. Fue la decisión más difícil que había tomado en toda su vida. Por suerte Bailey, que tenía la habilidad de un carterista, le birló el móvil al señor Newsome del bolsillo sin que se diera cuenta, y consiguió el número de la tía de Crystal.

–Mira, no hace falta que me lleves al aeropuerto –dijo ella–. Pediré un taxi y te llamaré cuando llegue a mi destino para que sepas que estoy bien.

Bane se quedó mirándola. Era evidente que no acababa de entenderlo.

–Crystal, si crees que voy a dejar que te vayas sola, es que no me conoces. Ya sé que han pasado cinco años y que los dos hemos cambiado, pero hay una cosa que no ha cambiado.

–¿El qué? –inquirió ella en un tono irritado.

–Pues que, pase lo que pase, voy a estar a tu lado –respondió Bane–. Igual que harías tú si la situación fuera a la inversa. Estamos casados –alargó la mano y tocó el colgante que le había regalado el día de su boda. El hecho de que aún lo llevara significaba muchísimo para él–. Estamos juntos en esto, Crystal, y no vamos a discutir más; me voy contigo.

Capítulo Seis

–Siento lo de tu padre, Crystal –le dijo Bane cuando salieron a la autopista–. Me enteré por mi hermano.

–Gracias –murmuró ella–. El que me mandara a vivir con mi tía Rachel nos distanció aún más, pero hicimos las paces antes de que muriese –se quedó callada un momento antes de añadir–: Hasta me dijo que me quería. Me llevé una sorpresa cuando me enteré de que me había dejado el rancho en herencia porque me dijo que lo vendería para que nunca tuviera una razón para volver a Dénver. De hecho, como mi madre y él hacía tiempo que no vivían allí, di por hecho que lo habría vendido.

–Dillon también me dijo que has terminado tu carrera y estás haciendo un doctorado. Para alguien que decía que odiaba estudiar, es todo un logro –añadió con una sonrisa.

–Tampoco tiene tanto mérito –contestó ella, encogiéndose de hombros–. Centrándome en mis estudios por lo menos tenía a mis padres contentos.

Él le lanzó una mirada de reojo, y se quedó callado un momento.

–¿Puedo hacerte una pregunta?

Ella volvió a encogerse de hombros.

–Claro.

–¿Cómo conseguías mantener alejados a los chicos

en el campus? Porque con lo guapa que te has puesto estoy seguro de que más de uno intentó ligar contigo.

La miró de nuevo y vio que se había puesto colorada. Pero no había dicho más que la verdad; tenía esa clase de belleza difícil de describir con palabras.

—No se me acercaban… porque pensaban que era lesbiana.

A Bane se le fue el volante al oír su respuesta, y estuvieron a punto de pasarse al otro carril.

—¡¿Que pensaban qué?! —exclamó, mirándola con incredulidad.

—Que era lesbiana. No tenía novio ni quería salir con ninguno de ellos, ¿qué iban a pensar si no? El rumor surgió después de que les diera calabazas a unos cuantos, incluidos varios miembros del equipo de rugby. Todas las chicas del campus se morían por salir con ellos.

—¿Y por qué no les dijiste que estabas casada?

—¿De qué habría servido cuando mi marido ni estaba ni se le esperaba?

Bane imaginaba cómo debió de sentirse al enterarse de ese falso rumor que circulaba sobre ella.

—Pensaba en ti cada día, Crystal.

—¿Ah, sí?

No le pasó desapercibido el matiz escéptico en su voz. ¿Es que no le creía? Estaba a punto de preguntárselo cuando Crystal le dijo:

—Bane, por aquí no se va al aeropuerto…

—Es que no vamos al aeropuerto.

—¿Que no vamos al aeropuerto? ¿Y cuándo has decidido eso?

—Cuando me di cuenta de que nos están siguiendo.

Crystal se puso tensa de inmediato.

–¿Están siguiéndonos?

–Hay un coche azul que lleva un buen rato detrás de nosotros.

–¿Azul? El coche que estuvo siguiéndome antes de llegar a casa también era azul –le dijo–. ¿Pero cómo puede ser que esté siguiéndonos también ahora? No vamos en mi coche.

–Alguien debía de estar observándonos cuando hemos salido.

A Crystal se le erizó el vello de la nuca.

–Pero si nos han visto marcharnos… entonces saben dónde vivo.

–Me temo que sí. Pero no debes preocuparte por eso.

–¿Que no me preocupe?

Lo más probable era que intentasen entrar por la fuerza y lo revolvieran todo.

–Flip, un miembro de mi equipo, está vigilando tu casa.

Ella parpadeó.

–¿Un miembro de tu equipo?

Bane salió de la autopista.

–Sí. En realidad se llama David, David Holloway. Su nombre en clave es Flipper porque es el mejor buceador del equipo, pero todos lo llamamos Flip. Me puse en contacto con él cuando llegué al aeropuerto. Y luego volví a llamarlo cuando salí a meter tu equipaje en el maletero porque vi un coche al otro lado de la calle que me pareció sospechoso.

A Crystal le estaba costando seguirlo.

–¿Y qué es lo que te hizo sospechar?

–Pues que yo llevaba dos horas esperando a que volvieras a casa, y en todo ese tiempo no estaba ahí –le explicó él mientras tomaba una curva.

Crystal no reconocía la zona en la que estaban.

–¿Y ya está? ¿Te pareció sospechoso porque antes no estaba ahí?

–Estoy entrenado para fijarme en todo lo que me rodea. En una misión ser observador y mantenerte vigilante puede salvarte la vida.

–¿Y ese tal Flipper ha ido a mi casa después de que nos marcháramos?

–Llegó allí justo cuando nos marchábamos. Sus hermanos y él la vigilarán mientras estés fuera.

Crystal enarcó una ceja.

–¿Sus hermanos?

–Sí, tiene cuatro hermanos. Y también están en los SEAL. Tu casa está en buenas manos.

Aunque en realidad no era de su propiedad, sino que estaba de alquiler, a Crystal le alivió oír eso. Había vivido allí desde que se mudó a Dallas.

Cuando vio que Bane estaba mirando el retrovisor y que sonreía, le preguntó:

–¿Qué te hace tanta gracia?

–Le he tendido una emboscada al conductor del coche azul para que nos siga hasta aquí, y los hermanos de Flip estaban esperándolo.

–¿Y cómo lo sabían?

–Cuando se dieron cuenta de que estaban siguiéndonos, fueron detrás del coche azul. Luego uno de los hermanos de Flip lo pasó y se puso delante de nosotros para indicarme que saliera de la autopista. Los otros se adelantaron y le cortaron el paso al tipo en la intersección que hemos pasado antes.

–¿Eso significa que podemos continuar hacia el aeropuerto? –inquirió ella.

Bane giró y entraron en lo que parecía el aparcamiento de una nave industrial abandonada. Después de aparcar y apagar el motor, sacó su móvil y consultó algo.

–No, podrían estar esperándonos allí.

–¿Por qué piensas eso?

Bane echó el asiento hacia atrás para estirar las piernas.

–Esos dos tipos que se te acercaron en el restaurante, los que decían que trabajaban para el Departamento de Seguridad Nacional…

–¿Qué pasa con ellos?

–Parece que no son de fiar.

–No es posible –replicó ella–. Me enseñaron su placa.

–Las placas que llevaban eran falsas. El amigo al que le mandé una foto de la tarjeta que te dieron, lo ha comprobado y no trabajan allí.

Crystal se mordió el labio y Bane deseó para sus adentros que dejara de hacer eso. No tenía ni idea del efecto que provocaba en él, y en ese momento lo que necesitaba era centrarse.

–Esa nota misteriosa que dejaron en tu mesa aún me preocupa –le dijo.

–¿Por qué?

–Me pregunto si quien la escribió… y supongo que debió de ser alguien de la empresa, lo hizo con buenas intenciones, o si al aconsejarte que desaparecieras una temporada la idea era que esos dos farsantes pudieran encontrarte con más facilidad.

Crystal enarcó una ceja.

–¿Crees que alguien de Industrias Seton está compinchado con esos dos tipos?

–Tienes que admitir que resulta bastante probable. Dijiste que alguien había abierto tu taquilla, ¿no? ¿Quién más, aparte de los otros empleados, podría tener acceso a esa parte del edificio? –en ese momento le sonó el móvil. Miró la pantalla. Era Flipper–. ¿Qué pasa, Flip?

–En cuanto salisteis, con el coche azul detrás de vosotros, llegó un sedán negro y se bajaron dos tipos. No sé cómo tenían planeado entrar en casa de tu esposa, pero no hay duda de que es lo que pretendían. Hasta que…

Flipper se rio, y Bane enarcó una ceja.

–¿Hasta que qué?

–Hasta que uno de ellos vio el rayo infrarrojo con que Mark lo estaba apuntando en el pecho. Supongo que el saber que podíamos volarles las tripas los puso nerviosos, sobre todo porque nosotros podíamos verlos, pero ellos a nosotros no. Nunca he visto a nadie correr tan rápido. Se subieron al coche y se largaron.

–¿Y el del coche azul?

–Se bajó y también salió corriendo como alma que lleva el diablo. Hasta dejó el motor en marcha. Como nos dijiste que no disparáramos, mis hermanos lo dejaron huir. ¿Seguro que no quieres que avisemos a la policía?

—Todavía no –respondió Bane, y le contó lo de los dos tipos que habían hablado con Crystal.

—Pues si se han hecho pasar por funcionarios del Estado es que lo que se traen entre manos no es nada bueno –dijo Flip.

Bane estaba de acuerdo. Al mirar a Crystal, vio que estaba intentando seguir su conversación.

—Tienes razón –le dijo a Flip–. Pero al menos los habéis asustado. Aunque no me sorprendería que volvieran.

—Si vuelven, estaremos esperándolos. Cuídate, y cuida de tu dama.

—Lo haré. Gracias, Flip.

Apenas había colgado cuando Crystal le preguntó:

—¿Han entrado en mi casa?

—No, pero esa era su intención. Flip y sus hermanos los ahuyentaron. Pero volverán si creen que tienes información de tu investigación en casa.

—No guardo ninguna información allí –contestó ella–. ¿Y ahora qué hacemos? ¿Adónde vamos?

Bane miró su reloj. Era tarde.

—Buscaremos un hotel.

Ella entornó los ojos.

—¿Para qué?

No para lo que él querría, pensó Bane, recordando la última vez que había estado en una habitación de hotel con ella. El recuerdo de su cuerpo desnudo sobre aquella cama, y lo que hicieron antes de que el sheriff los encontrara, era lo que lo había mantenido cuerdo durante las peligrosas misiones en las que había tomado parte durante esos años.

—Para dormir y trazar un plan –le contestó–. Aunque

me muero por hacer el amor contigo, me da la impresión de que el sentimiento no es mutuo.

Lo cual significaba que aquella noche se le haría muy larga…

Capítulo Siete

Crystal giró la cabeza hacia la ventanilla. El aparcamiento estaba desierto y la única luz que había era la de la luna. Por supuesto que ir a un hotel era lo más sensato, pero la atracción que sentía hacia él era más fuerte que nunca y temía acabar echándose en sus brazos.

–O podríamos quedarnos aquí, dentro del coche –dijo Bane, interrumpiendo sus pensamientos.

Ella lo miró y frunció el ceño.

–¿Toda la noche?

Él le dirigió otra de esas sonrisas que le llenaban el estómago de mariposas.

–No sería nada nuevo para nosotros –respondió Bane.

Crystal volvió de nuevo la cabeza hacia la ventanilla para que no viera el rubor en sus mejillas.

–Ya somos mayorcitos para eso –le espetó.

–Lo sé. Por eso había sugerido ir a un hotel.

Crystal se volvió hacia él. Ya iba siendo hora de que le pusiera los puntos sobre las íes.

–Muy bien, pero dormiremos en habitaciones separadas.

–¿Por qué? Estamos casados.

–En términos legales sí, pero eso es todo. Los dos hemos reconocido que ya no somos los que éramos.

Puede que no te guste como soy ahora y que a mí no me guste como eres ahora.

–¿Gustarme? No es que me gustes, Crystal: es que estoy enamorado de ti.

¿Cómo podía decir eso? Si de verdad la quisiese, ¿no habría vuelto a por ella mucho antes?

–¿Te sentirías mejor si fuese una habitación con dos camas?

Crystal inspiró. La verdad era que no. No habría mucha diferencia si compartiesen la misma habitación, aunque durmiesen en camas separadas.

–No creo que sea buena idea.

Él se encogió de hombros.

–Pues no nos queda otro remedio, porque, con esos tipos detrás de ti, no pienso perderte de vista hasta que lleguemos al fondo de este asunto.

Ella lo miró con los ojos entornados. Estaba a punto de decirle que no iba a dejar que tomase ninguna decisión por ella cuando volvió a sonarle el móvil. Bane se apresuró a contestar.

–¿Diga?

Crystal escrutó su rostro. Fuera lo que fuera lo que le estaba diciendo quien lo había llamado, lo estaba enfadando, pensó al verlo apretar la mandíbula.

Tan pronto como colgó, se volvió hacia él para preguntarle qué pasaba, pero Bane levantó un dedo para imponerle silencio mientras buscaba un número en la agenda del móvil. Volvió a llevárselo al oído y dijo malhumorado:

–Código púrpura. Os pondré a todos al corriente dentro de unos minutos.

–¿Qué está pasando? –inquirió ella cuando colgó.

Cuando él se quedó callado, frunció el ceño e insistió–:
¿Vas a contármelo o no?

–Lo haré, pero primero dame tu móvil.

Ella se quedó mirándolo un momento, sin comprender, antes de sacarlo del bolso. Bane lo tomó y se bajó del coche. Lo tiró al suelo y, haciendo oídos sordos al gemido de espanto de Crystal, lo machacó con el pie.

–¿Te has vuelto loco? ¿Qué diablos estás haciendo? –le gritó indignada, saliendo del coche.

–Estoy destruyendo tu móvil –le contestó él cuando llegó a su lado.

Crystal plantó las manos en las caderas y lo miró furibunda.

–Eso ya lo veo. Lo que quiero saber es por qué.

–Porque puede que lleve un dispositivo de rastreo.

–¿De qué hablas?

–Esto es más serio de lo que pensaba, o de lo que tú pudieras imaginar, Crystal –le contestó Bane. Miró a su alrededor–. Anda, volvamos dentro del coche; te diré lo que sé.

Crystal contrajo el rostro antes de sentarse de nuevo en el vehículo.

–Mi contacto en el Departamento de Seguridad Nacional ha estado rascando un poco más, a ver qué podía averiguar. Parece que te tienen vigilada desde hace un tiempo.

Ella enarcó una ceja.

–¿Quién?

–Principalmente el Gobierno. Están al tanto de la investigación en la que estás trabajando.

Crystal se encogió de hombros.

—¿Cómo no iban a estarlo? Seton les manda informes periódicos por motivos de seguridad nacional. Además, los fondos que costean mi investigación provienen de una beca otorgada por el Estado.

—Ya. Pues parece que uno de esos informes cayó en manos de quien no debía. Para no extenderme mucho, te diré que había un plan en marcha para secuestraros a ti y a otros dos bioquímicos que están trabajando en proyectos similares. Querían llevaros a los tres a un laboratorio subterráneo en alguna parte y obligaros a trabajar juntos para perfeccionar una fórmula que usarían para sus propósitos.

Crystal sacudió la cabeza.

—Eso es un disparate.

—Pues es evidente que a quien se le ocurrió la idea no pensaba lo mismo. Y ahora eres el eslabón que les falta.

Crystal frunció el ceño.

—¿Qué quieres decir?

—Ayer secuestraron a los otros dos bioquímicos. Su idea era secuestraros a los tres con una diferencia de pocas horas, pero hemos frustrado sus planes. El problema es que, como están empeñados en conseguir esa fórmula, no se darán por vencidos. Te prometo que no dejaré que te pase nada —le dijo—. Pero para eso necesito que confíes en mí, Crystal.

Ella suspiró y sacudió la cabeza.

—Está bien. Me fiaré de ti y haré lo que me digas.

Bane asintió aliviado.

—Bueno… —dijo ella—. ¿Y ahora qué?

Una sonrisa asomó a los labios de él.

–Ahora les enseñaremos que juntos somos de armas tomar –respondió–. Y para empezar vamos a cambiar de vehículo para despistar a la gente que está buscándote.

–¿Y de dónde vamos a sacar otro coche?

–El señor Holloway, el padre de Flip viene con él hacia aquí. También fue SEAL, aunque ya está jubilado. Estará aquí dentro de unos minutos.

Cuando se bajaron del todoterreno, Bane sacó su maleta y la de Crystal para pasarlas al coche que traía el señor Holloway.

–No me digas a dónde os dirigís –le dijo el padre de Flip cuando le tendió las llaves del coche a Bane–; cuanta menos gente lo sepa, mejor. Tened cuidado.

–Lo tendremos. Y gracias por todo, señor Holloway. Les debo una a su familia y a usted.

–Ni hablar –replicó el padre de Flip, agitando la mano–. Cualquier amigo de mis chicos es amigo mío también. Cuidaos.

Se puso al volante del todoterreno y se alejó mientras ellos se subían al coche.

–Y ahora, ¿a dónde? –le preguntó Crystal a Bane.

Se le notaba el cansancio en la voz. Eran casi las once.

–A un hotel, pero no aquí, en Dallas. Cierra los ojos y duerme. Vamos a estar un buen rato en la carretera.

Crystal no le preguntó hacia dónde se dirigían, y en cuanto puso el motor en marcha la vio reclinar el asiento y cerrar los ojos. No pudo evitar la tentación de deslizar la mirada por su figura y deleitarse la vista con el modo en que los pantalones de *denim* se amoldaban a sus caderas y sus muslos. A los dieciocho años había sido una chica esbelta, pero ahora era increíblemente voluptuosa.

Se obligó a apartar los ojos de ella, ajustó la calefacción y salió del aparcamiento.

Había conducido unos cuantos kilómetros cuando oyó a Crystal reírse entre dientes. La miró y vio que tenía los ojos cerrados, pero había una sonrisa en sus labios. ¿Estaría soñando?

Justo en ese momento abrió los ojos, vio que estaba mirándola y se incorporó.

—¿Por qué me miras? –le preguntó.

—Es que acabas de reírte en sueños.

Ella esbozó una sonrisa.

—No estaba dormida; solo descansaba la vista. Y me he reído porque de pronto se me ha ocurrido que esto empieza a convertirse en una costumbre.

—¿El qué?

—Esto de ir a la fuga. La última vez que estuvimos juntos nos habíamos fugado y teníamos al sheriff Harper pisándonos los talones. Y ahora estamos huyendo de sabe Dios quién.

—Lo que importa es que volvemos a estar juntos –apuntó él.

Crystal no dijo nada. Cuando el semáforo se puso en verde, Bane levantó el pie del embrague y pisó el acelerador. Al cabo de un rato, ella le preguntó:

—¿Por cuánto tiempo, Bane?

Capítulo Ocho

Bane le echó una mirada.

—¿A qué te refieres?

—A que cuánto tiempo estaremos juntos antes de que te marches, antes de que vuelvas a dejarme sola. Eres un SEAL, y por tu trabajo tendrás que ausentarte a menudo, ¿no?

Él vaciló un momento.

—Bueno, sí, tendré que tomar parte en las misiones que me asigne mi comandante.

—¿Y si te llamara ahora? Tendrías que irte, ¿no?

Las manos de Bane apretaron el volante. ¿Estaba insinuando que no podía contar con él?

—No, a menos que hubiese algún tipo de amenaza nacional. Estoy de permiso; todo mi equipo está de permiso.

—¿Por qué?

Todavía tenía que explicarle que había detalles de su trabajo de los que no podía hablar, pero sería mejor dejar esa conversación para otro momento.

—Porque nos debían unos días libres —se limitó a contestar. En cierto modo era verdad.

—La cuestión es que corres riesgos, que pones tu vida en peligro.

—Estoy perfectamente entrenado para lo que hago. Hace seis meses alcancé el grado de especialista francotirador.

–Y piensas seguir hasta que te jubiles, como el padre de Flip, ¿no? –inquirió Crystal.

¿Estaba preguntándoselo en serio, o creía que ya tenía claro cómo iba a ser el resto de su vida?

–No lo sé. Es una decisión que tendremos que tomar juntos.

–¡Ah, no! A mí no me metas en eso, Bane. No dejaré que luego me eches la culpa de hacerte un desgraciado.

¿De hacerle un desgraciado? ¿De qué estaba hablando?

–Vas a tener que explicarte un poco mejor, porque no entiendo a qué viene eso.

–Mira, estoy segura de que eres un SEAL estupendo, uno de los mejores del cuerpo. Pero soy incapaz de imaginarte yendo todos los días a las oficinas de Blue Ridge Management. Tener que pasar un montón de horas sentado en un despacho te volvería loco. Y si acabaras haciéndolo porque yo te hubiera pedido que dejaras la Armada, me lo echarías en cara el resto de tu vida.

Lo conocía demasiado bien; ni de broma querría trabajar en la empresa de su familia, Blue Ridge Management. Ese tipo de trabajo no estaba hecho para él.

Ella se quedó callada. La tensión entre ellos casi podía mascarse en el aire.

–Crystal, tú sabes por qué tomé la decisión que tomé –comenzó a decirle Bane.

–¿Qué decisión? ¿La de dejarme tirada?

***

Bane salió de la carretera de un volantazo y entraron en un área de descanso para camiones. Se metió entre dos enormes tráileres que los ocultarían a cualquiera que pasara por la carretera, echó el freno de mano y apagó el motor.

–¿Qué quieres?, ¿matarnos? –exclamó Crystal, con el corazón desbocado del susto.

Bane se desabrochó el cinturón de seguridad y se volvió hacia ella con el rostro crispado de ira.

–Espero que no hayas dicho lo que me ha parecido oírte decir.

Crystal no se amilanó, sino que alzó la barbilla y le espetó:

–¿Y qué si lo he dicho? ¿Acaso no es verdad?

–¿Sabes qué? Tenemos que hablar.

–Ya es un poco tarde para eso. Nada de lo que digas cambiará cómo me siento.

–Muy bien, pues al menos dime por qué te sientes así.

¿De verdad no lo sabía? A Crystal le entraron ganas de llorar. Lo había querido tanto… Bane lo había sido todo para ella, su otra mitad, la única persona que había creído que jamás le haría daño ni la decepcionaría… Pero lo había hecho.

–Entiendo por qué dejaste que mi padre me mandara con mi tía, pero…

–Lo hice por tu bien –la interrumpió–. Habrías dejado el instituto, Crystal, y no podía permitirlo. Estábamos en noviembre y solo tenías que esperar hasta junio para graduarte.

–Eso ya lo sé –le espetó ella irritada–. Por eso dejé que mi padre creyera que era quien mandaba cuando me envió con mi tía Rachel –el recuerdo de aquel día aún hacía que le hirviese la sangre–. Pensé que podría aguantarlo porque vendrías a por mí en junio, cuando terminase los exámenes –inspiró profundamente antes de continuar–. Cuando me llamaste en enero creí que ibas a decirme que no podías vivir sin mí y que habías decidido venir antes a buscarme, que viviríamos en Dénver, como marido y mujer, en la cabaña que habías construido.

–Maldita sea, Crystal, sé cómo eres, y precisamente por eso sé que si hubiera ido a por ti entonces, habrías encontrado todo tipo de excusas para no volver a estudiar. Además, ¿de qué habríamos vivido? No tenía la edad suficiente para poder reclamar las tierras que mis padres me habían dejado. Apenas ganaba para ir tirando con las chapuzas que hacía de cuando en cuando.

–Sí que habría terminado mis estudios, Bane –replicó ella–. Te había dado mi palabra de que lo haría. Y en cuanto a los ingresos, nos las habríamos arreglado de algún modo.

–Te merecías algo más.

–Creía que me merecía tenerte a mi lado; era tu esposa.

–¿Por qué no puedes entender que necesitaba hacer algo con mi vida, convertirme en una persona de provecho? –le espetó él en un tono agitado–. Como tu marido, te lo debía. ¿Por qué no puedes comprender que te merecías algo mejor?

–A mí no me importaba nada de eso, Bane.

–Pues debería.

Ella lo miró con los ojos entornados.

–Tu familia acabó por convencerte de que no debíamos estar juntos, ¿no? Por eso no le dijiste a nadie que nos habíamos casado, a nadie excepto a Bailey.

Bane se frotó el rostro con las manos, como frustrado.

–Te equivocas con mi familia, Crystal. Sabían lo mucho que te quería, pero sabían que no podíamos continuar por el camino por el que íbamos, que acabaríamos mal. Por eso tomé esa decisión, porque creía que era lo mejor para los dos. Y quiero pensar que lo fue. Mírate: no solo terminaste el instituto, sino que además fuiste a la universidad, te has licenciado, y ahora estás haciendo un doctorado. Siempre tuviste una inteligencia extraordinaria, pero yo te lastraba. Si hubiera sido tan egoísta como para volver a por ti entonces, te habría llevado a vivir conmigo en esa cabaña y habrías llevado una vida muy por debajo de tus capacidades. ¿Y si te hubieras quedado embarazada? ¿Qué clase de futuro habría tenido nuestro hijo?

Aunque Crystal giró el rostro hacia la ventanilla para que no pudiera ver que estaban a punto de saltársele las lágrimas, no estaba segura de haber sido lo bastante rápida. Bane la conocía mejor que nadie, y era capaz de darse cuenta de que le pasaba algo aun cuando intentaba ocultárselo.

Y debía de haberse dado cuenta, porque la tomó por la barbilla y escrutó su rostro con preocupación.

–¿Qué ocurre? ¿Qué estás ocultándome, Crystal?

Sabía que tenía que decírselo. No había motivos para seguir manteniendo aquello en secreto.

–El día que me llamaste y me dijiste que habías decidido alistarte en la Armada, me preguntaste si estaba embarazada y te respondí que no.

Él se quedó callado y entornó los ojos.

—Pero me mentiste, ¿no es eso? Sí que lo estabas —le dijo en un tono acusador.

—No, no te mentí. Cuando me preguntaste no lo estaba… ya no. Había perdido al bebé unos días antes. El día que me llamaste fue el día en que mi tía Rachel fue a recogerme al hospital y me llevó a casa.

Capítulo Nueve

Bane se quedó sin aire, como si le hubieran pegado una patada en el estómago. Le llevó un rato reponerse, y no fue hasta ese momento cuando vio las lágrimas que rodaban por las mejillas de Crystal. Siempre se había sentido fatal al verla llorar, pero que no le hubiera dicho que estaba embarazada…

–¿Cómo pudiste no decírmelo? –le preguntó, haciendo un esfuerzo por contener su ira.

Ella se quedó mirándolo un momento antes de responder.

–No te lo dije porque ya habías decidido lo que querías hacer.

–¡Maldita sea, Crystal!, solo me alisté en la Armada porque…

–Porque creías que yo me merecía algo mejor; eso ya lo has dicho antes –lo cortó ella.

Bane apretó la mandíbula.

–Sí, lo he dicho y lo seguiré diciendo.

Ninguno de los dos dijo nada durante un buen rato, y el silencio se hizo cada vez más tenso.

–¿Cuándo descubriste que estabas embarazada? –le preguntó él finalmente.

A Crystal volvieron a saltársele las lágrimas, pero se apresuró a enjugarlas con la mano.

–Esa es la cuestión: que no tenía ni idea –le dijo–.

La regla se me estaba retrasando, pero no era la primera vez que me pasaba, así que no le di importancia. Una noche me entró un dolor horrible en el vientre y cuando fui al baño vi que estaba sangrando muchísimo. Desperté a mi tía y me llevó a urgencias. La doctora que me atendió me dijo que había tenido un aborto –se le quebró la voz y de nuevo acudieron lágrimas a sus ojos–. Me tuvieron ingresada esa noche porque había perdido mucha sangre –se secó las mejillas con el dorso de la mano–. ¿Cómo puede ser que estuviera embarazada y no me hubiera dado cuenta? Me parecía tan injusto… La doctora me dijo que los abortos naturales solían ocurrir en las primeras semanas del embarazo. Me aseguró que no tenía por qué volver a ocurrir si me quedaba embarazada de nuevo.

Bane sintió una punzada en el pecho, apenado por aquel bebé, de ella y de él, que no había llegado a nacer. Quería abrazar a Crystal, compartir su dolor, pero ella había levantado un muro invisible entre los dos, y tendría que desmontarlo piedra a piedra.

–Lo siento, y siento que tuvieras que pasar por eso tu sola –le dijo con sinceridad.

A pesar de los consejos de Dillon, no había sido capaz de sobreponerse al abrumador deseo de hacerle por fin el amor a Crystal en su noche de bodas, y se había olvidado por completo del preservativo que había guardado bajo la almohada.

–Pero no te dejé tirada –continuó–. ¿Tienes idea de lo duro que ha sido para mí estar lejos de ti estos cinco años? –le preguntó en un tono quedo.

–Te llamé –dijo ella de repente.

Bane parpadeó.

–¿Cuándo?

–En cuanto tuve ocasión. Mis padres no me quitaron el ojo de encima durante todo el vuelo a Carolina del Sur, pero cuando aterrizamos fui al aseo de señoras y le pregunté a una mujer si podía usar su móvil.

Bane no había recibido ninguna llamada suya ese día. Pero entonces recordó algo.

–Ya sé por qué no pudiste ponerte en contacto conmigo –dijo–. Estaba en la cabaña, y allí no hay cobertura. Después de que el sheriff Harper me dijera que habías abandonado Dénver, conduje sin rumbo durante casi una hora, sintiéndome cada vez más furioso, y no sé cómo acabé en nuestra cabaña. Me quedé allí un par de días, sin querer ver a nadie ni hablar con nadie, hasta que al tercer día vino Riley y me convenció de volver a casa con él.

–Eso explica por qué a la noche siguiente, cuando volví a llamarte desde casa de mi tía, tampoco respondías –murmuró Crystal–. Esperé a que todos se hubieran ido a la cama y te llamé con el teléfono fijo. Y menos mal que no contestaste, porque mi padre me pilló y se enfadó muchísimo. Dijo que ya iba siendo hora de que supiera la verdad.

Bane frunció el ceño.

–¿Qué verdad?

–Que tu hermano Dillon y él se reunieron para hablar cuando nos fugamos y que hicieron un trato.

–¿Qué clase de trato?

–Acordaron que, cuando nos encontraran, Dillon te mantendría alejado de mí, y que él me mantendría alejada de ti.

–¡Eso es mentira! –exclamó Bane, sintiendo que la ira se apoderaba de él.

–¿Cómo estás tan seguro?

La pregunta de Crystal lo enfureció aún más.

–Para empezar, mi hermano no haría algo así. Y además, ni siquiera estaba en Dénver cuando nos fugamos. Estaba en Wyoming, intentando averiguar algo más acerca de nuestro bisabuelo Raphel. Ramsey lo llamó, pero no llegó hasta que ya nos habían encontrado –le explicó. Resopló y se frotó el pelo con la mano, irritado–. No puedo creer que te tragaras ese cuento de tu padre. Sabías que detestaba a mi familia.

–No quería creerlo, pero…

–¿Pero qué?

–Pues que como te llamé esas dos veces y no contestaste a mis llamadas… Y cuando por fin me llamaste… dos meses después… fue para decirme que ibas a alistarte en la Armada, y que lo mejor sería que siguiéramos cada uno nuestro camino.

Bane frunció el ceño.

–La razón por la que no te llamé antes fue porque tardé dos meses en averiguar tu paradero. Y fue gracias a Bailey, que le birló el móvil a tu padre para conseguir el número de tu tía. Y en ningún momento dije que lo mejor sería que siguiéramos cada uno nuestro camino.

–Pues así fue como me sonó a mí.

Bane apretó los labios. Lo único que podía argumentar en su favor era la promesa que le había hecho de que cumpliría sus votos matrimoniales y que volvería a por ella.

–Has dicho que pensaste que te había dejado tirada. ¿No me creíste cuando te dije que volvería a por ti? ¿Ni cuando te dije que te sería fiel?

–Te equivocas. Entonces sí que te creí, aunque me dolió que hubieses decidido apartarme de ti.

Sus palabras lo sorprendieron. Había dicho «entonces». ¿Significaba eso que en algún momento había dejado de creerlo?

–Siempre tuve la intención de volver a por ti –le dijo–. Pensaba en ti cada día. A veces cada hora, cada minuto y cada segundo. Había días en que no estaba seguro de poder aguantar y quería tirar la toalla, dejar la Armada e ir a buscarte. Por eso le hice prometer a Bailey que no me diría dónde estabas. Si lo hubiera hecho, habría ido a por ti. Y si me hubieses dicho lo del aborto, ni me lo habría pensado; habría ido a reunirme contigo de inmediato.

Incapaz de seguir conteniéndose, se desabrochó el cinturón de seguridad, desabrochó el de ella y la atrajo hacia sí.

Capítulo Diez

Crystal hundió el rostro en el pecho de Bane. No podía dejar de llorar. Le sorprendía que, después de cinco años, aún le quedaran lágrimas por derramar. Creía que había llorado todo lo que tenía que llorar el día en que aquella doctora le dijo que había perdido al bebé. Y luego, recibir una llamada de Bane y que le dijera lo que le había dicho, había sido demasiado para ella.

Su tía Rachel había sido muy comprensiva y se había portado muy bien con ella. La abrazó cuando se había echado a llorar, y cuando le suplicó que no les dijera nada a sus padres, le dio su palabra de que no lo haría.

La llamada de Bane la había hecho sentirse como si le estuviera dando la espalda a su relación y al amor que había entre ellos, como si estuviese abandonándola a su suerte. Había sido su tía quien le había hecho ver que tenía que reponerse y decidir qué iba a hacer con su vida… con, o sin Bane. Y eso había hecho.

Ella también lo había echado muchísimo de menos y no entendía que le sorprendiera que hubiera empezado a dudar si aún la quería, cuando durante cinco años no se había puesto en contacto con ella.

—Estoy bien, Bane —murmuró, secándose las lágrimas—. Ya se me ha pasado.

Él la escrutó en silencio.

–¿De verdad estás bien? ¿O siempre me echarás en cara que me separara de ti porque quería darte lo mejor de mí?

–Me gustabas tal y como eras, Bane. ¿Acaso me quejé de ti alguna vez? –le espetó. Giró la cabeza hacia la ventanilla y le preguntó–: ¿Has decidido ya adónde vamos a ir?

–Sí, sé adónde vamos a ir –respondió él.

Pero en vez de decírselo puso el coche en marcha y volvió a la autopista.

–Yo dormiré en esta cama –le dijo Bane a Crystal, dejando su maleta en el suelo, junto a la cama que estaba más cerca de la puerta.

En vez de contestar, ella se limitó a asentir con la cabeza y arrastró su maleta hasta la otra.

Como imaginaba que no habría comido nada desde la hora del almuerzo, Bane había parado en una cafetería de carretera y había comprado unos sándwiches y un par de batidos para los dos. Luego se habían puesto en marcha de nuevo y no habían vuelto a parar hasta llegar a aquel hotel, cuatro horas después, para pasar la noche.

–Voy a darme una ducha –dijo Crystal, que apenas le había dirigido la palabra desde su discusión.

Bane asintió con la cabeza.

–No deshagas la maleta. Mañana dejaremos el hotel, después de desayunar, y nos dirigiremos al sur.

–¿Al sur?

–En principio, aunque puede que escoja otra ruta dependiendo de la información que me vaya llegando de mis compañeros. Les he pedido que comprueben una serie de cosas.

–¿De eso va lo del «código púrpura»? Oí que se lo decías antes a alguien por el móvil.

–Sí. Significa que un miembro del equipo está en apuros y necesita la ayuda de los demás.

–Ah –murmuró Crystal.

Y luego volvió a ignorarlo y se puso a abrir la maleta para sacar lo que iba a necesitar.

Él se acuclilló para abrir la suya también, y sus ojos se posaron en la bolsa de tela con las tarjetas y las cartas que había guardado para ella todos esos años. Había estado ansioso por dárselas por fin, pero ahora…

Crystal se metió bajo el brazo las prendas que había sacado de la maleta, se dirigió al cuarto de baño y cerró tras de sí.

Bane decidió que no iba a dejar que su actitud lo afectase, tomó el saco de tela con las cartas y las tarjetas y fue a dejarlo sobre su cama. Llevaba todo ese tiempo esperando a que llegase el día para dárselas y no iba a dejar que el rencor de Crystal le impidiera hacerlo.

Miró su reloj y vio que eran las dos de la madrugada. Hizo un esfuerzo por ignorar el ruido del agua en el baño, pero no pudo evitar imaginarse a Crystal quitándose la ropa para entrar en la ducha. Le encantaría estar allí dentro con ella, bajo el chorro de la ducha. La enjabonaría con las manos, y luego le haría el amor contra la pared, con las piernas de Crystal en torno a su cintura. ¿Cuántas noches había fantaseado con eso mismo tendido en la cama?

De repente sonó su móvil. Lo tomó de la mesilla, donde lo había dejado. Era su hermano Dillon.

–Hola, Dil. ¿Qué pasa?

–No nos llamaste para decir que habías llegado a Dallas. ¿Va todo bien?

–Sí, llegué a Dallas a la hora prevista. Perdona que no te llamara. Es que… las cosas se liaron un poco.

–¿Pero pudiste encontrar a Crystal?

–Sí, fui directamente a su casa al llegar, pero…

–Pero no te dio la bienvenida cálida y cariñosa que esperabas –adivinó su hermano.

Bane suspiró.

–Suponía que tendríamos que superar algunas cosas, pero lo que no me imaginaba era que me abriría la puerta con una pistola cargada en la mano, que tendría la maleta hecha para marcharse en ese mismo momento, ni que una banda de matones estuviera intentando secuestrarla.

La línea se quedó en silencio, y al cabo de un rato Dillon, comprensiblemente confundido, le dijo:

–Me parece que vas a tener que empezar por el principio.

Crystal se lio la toalla alrededor del cuerpo y se miró en el espejo del baño. ¿Se habría fijado Bane en los cambios que se habían producido en su cuerpo? ¿Le gustaría lo que veía?

La verdad era que no podía atribuir esos cambios a horas en el gimnasio ni nada parecido. Habían ocurrido sin más. No era más que una chica delgaducha y de repente, justo después de cumplir los veinte, habían llegado todas aquellas curvas. Ni que decir tenía que los chicos de la universidad también se habían dado cuenta, y más de uno le había dado bastante la lata.

Bajó la vista a la encimera del lavabo, donde había dejado el colgante que Bane le había dado el día de su boda. Volvió a ponérselo, se lo llevó a los labios y lo besó. Era lo que la había mantenido cuerda durante esos cinco años. Cada vez que había sentido que ya no podía más, lo había mirado, había pensado en Bane y había recordado la promesa que le hizo.

Se puso un pantalón de pijama y una camiseta grande, volvió a mirarse en el espejo y suspiró. Bane estaba sentado frente al escritorio, de espaldas a ella, con la mirada fija en la pantalla de un portátil.

Olía a café. Debía de haberlo preparado mientras se duchaba. Nunca había conseguido hacerse al sabor del café. Prefería el chocolate caliente o las infusiones. Carraspeó y le dijo:

—Ya he acabado; por si quieres usar el baño.

—Bien.

Bane ni siquiera se volvió, sino que continuó con la mirada fija en la pantalla. Al ir a dejar sobre la cama la ropa que tenía en la mano, los ojos de Crystal se posaron en una bolsa de tela que había encima de la colcha.

—Te has dejado algo en mi cama —le dijo a Bane.

Entonces sí que se giró para mirarla, y deseó que no lo hubiera hecho porque, al sentir esos ojos castaños recorrerla, una ola de deseo la sacudió.

—Es para ti.

Crystal enarcó una ceja.

—¿Para mí?

—Sí —contestó Bane, y se volvió hacia el portátil.

Crystal miró la bolsa de tela.

—¿Qué es?

Él se giró de nuevo para mirarla.

—¿Por qué no la abres y lo ves?

Capítulo Once

Bane volvió a centrar su atención en la pantalla del portátil, o al menos fingió que lo hacía.

–Aquí dentro hay tarjetas… –oyó decir sorprendida a Crystal–. Un montón de tarjetas y de cartas…

–Sí. En estos cinco años no he olvidado ni una sola vez tu cumpleaños –respondió él, todavía sin volverse–, ni nuestro aniversario, ni San Valentín, ni el día de Navidad. Aunque no podía enviarte esas tarjetas, las compré de todos modos y las he ido guardando, para cuando volviéramos a estar juntos.

–Pero… ¿y todas estas cartas? –inquirió ella.

–La mayoría de mis compañeros tenían una esposa o una novia a quien escribir cuando estaban lejos de casa –le explicó Bane–. Yo no podía hacerlo porque no tenía tu dirección, pero empecé a escribirte para decirte todo lo que sentía cada vez que pensaba en ti.

Esperaba que, al ver todas esas cartas, Crystal se diera cuenta de que no le había mentido al decirle que había pensado en ella cada día durante esos cinco años.

–Gracias, Bane –murmuró ella–. No esperaba que hicieras algo así… por mí.

Bane ya no pudo contenerse más. Se giró hacia ella y le dijo:

–Haría cualquier cosa por ti, Crystal.

Nunca dejaría de sorprenderlo la facilidad con que

conseguía hacerla sonrojar. Al menos eso no había cambiado. Se quedaron mirándose un buen rato, y Crystal bajó la vista a sus labios antes de apartar bruscamente los ojos de él. Los pezones se le marcaban bajo la camiseta que, aunque le quedaba grande, le daba un aspecto de lo más sexy.

–Estoy deseando leer todo esto –musitó Crystal, conmovida.

Parecía que su gesto había hecho mella en su coraza de acero. Él asintió, e iba a volver a lo que estaba haciendo, cuando volvió a sonarle el móvil. Era Nick, su contacto en el Departamento de Seguridad Nacional.

Mientras lo escuchaba, sintió que la ira se apoderaba de él y maldijo para sus adentros.

–De acuerdo. Gracias, Nick. Hablaré con Flip –le dijo.

Colgó y se dispuso a llamar a Flipper de inmediato. Por el silencio que reinaba en la habitación sabía que Crystal se había quedado escuchando, y sabía que tenía que contarle qué estaba pasando, pero tenían que actuar deprisa. Se volvió y le preguntó:

–¿Hay algo en tu casa que quieras salvar?

Crystal frunció el ceño.

–¿Qué?

–Te he preguntado si tienes en casa algo importante que quieras salvar.

Antes de que pudiera explicárselo, Flip contestó al otro lado de la línea.

–Hola, Flip, soy Bane. He hablado con Nick y sí, hay algunas cosas que quiere que salvéis –como Crystal seguía mirándolo aturdida, le dijo a su compañero–:

Para empezar, todas las fotografías que tiene en la repisa de la chimenea.

Eran fotografías de sus padres, de él y de ellos dos. Las había visto al entrar en el salón.

Crystal cruzó la habitación y se plantó a su lado.

—¡Espera un momento! ¿Por qué le has dicho eso? ¿Qué está pasando?

Bane le dijo a Flip que volvería a llamarlo dentro de un minuto y colgó. Apretó los labios y respondió:

—Dentro de un par de horas tu casa quedará reducida a cenizas.

Crystal se sentía como si la habitación estuviese dando vueltas, y temió que fuese a caerse de bruces. Bane se levantó como un resorte y la agarró del brazo.

—Creo que será mejor que te sientes –le dijo, y le señaló con un ademán la silla de la que acababa de levantarse.

—No pienso sentarme –contestó ella con aspereza. No podía creer lo que acababa de oír–. Esto es de locos. ¿Por qué iba a querer nadie quemar mi casa?

—La orden proviene del Departamento de Seguridad Nacional.

Crystal parpadeó.

—¿Qué? ¿Por qué haría el Gobierno algo así?

—Los tipos que han secuestrado a esos dos químicos van a por ti. Esto es muy serio, Crystal: estamos hablando de algo que podría afectar a la seguridad de todo el país. Y si encontraran en tu casa algo relacionado con el proyecto en el que estás trabajando…

–¡Pero si allí no hay nada! –le cortó–. Jamás me llevo trabajo a casa.

–El Departamento de Seguridad Nacional no puede correr riesgos. Sin ti esos tipos intentarán conseguir como sea la información que necesitan, y el Gobierno no puede permitirlo.

–Muy bien, pues llámalos.

–¿Que llame a quién?

–A tu contacto en el Departamento de Seguridad Nacional. Si a ti no te creen, quizá a mí sí.

–No puedo hacer eso.

–¿Por qué no?

–Porque ahora mismo no podemos fiarnos de nadie. Ni siquiera del Departamento de Seguridad Nacional. Al menos hasta que averigüemos qué está pasando. Es evidente que hay un topo. Los del Departamento de Seguridad Nacional no tienen ni idea de dónde estás; solo saben que los malos todavía no te han secuestrado porque aún están buscándote –le explicó–. Está claro que quien dejó esa nota en tu mesa sabía lo que iba a pasar. Por eso te dijo que desaparecieras –se quedó callado un momento antes de añadir–: Entonces, aparte de las fotos de la repisa de la chimenea, ¿hay alguna otra cosa que quieres que salve Flip?

Crystal se dejó caer en la silla, aturdida.

–No tenemos mucho tiempo –le recordó Bane.

Crystal trató de pensar con rapidez, aliviada de haberse llevado al menos su certificado de matrimonio y el álbum de fotos.

–La biblia de mi familia –le dijo–. Está en el cajón de la mesilla de noche. Y tengo más fotos en un cofre pequeño debajo de la cama.

Añadió un par de cosas a la lista y Bane volvió a llamar a Flip para decírselo. Cuando colgó, se guardó el móvil en el bolsillo y tomó una taza que tenía sobre el escritorio.

—Ahora que lo pienso no te he ofrecido café –dijo–. Recuerdo que no te gustaba…

Ella negó con la cabeza.

—Sigue sin gustarme. Y seguro que tú aún te tomas una taza tras otra, como hace años. Tanta cafeína no es buena.

Bane se rio suavemente.

—Eso has dicho siempre.

—Y ahora lo digo con conocimiento de causa: soy bioquímica. La cafeína no es buena para tu cuerpo.

¿Por qué después de decir eso se le fueron los ojos y lo miró de arriba abajo? Bane era tan endiabladamente sexy… Ejercía un magnetismo irresistible sobre ella.

Cuando lo vio esbozar una sonrisa pícara, se le subieron los colores a la cara.

—Si sigues mirándome así podrías meterte en problemas, Crystal Gayle –murmuró Bane, con esa voz profunda y aterciopelada.

Estaba tan cerca que podía oler su colonia. Era un aroma viril y deliciosamente provocativo.

—Pues entonces no te miraré –dijo ella, y apartó la vista–. Lo último que necesito son más problemas de los que ya tengo. Y lo que me faltaba era que el Gobierno pretenda quemarme la casa. Me gustaría ver cómo se lo explicarán a la compañía de seguros.

—No tendrán que darles explicaciones; harán que parezca que fue un cortocircuito o algo así.

–Todo esto es una locura –murmuró ella, levantándose de la silla.

Imaginó que Bane daría un paso atrás para dejarla pasar, pero no fue así, y estaban tan cerca que sus cuerpos casi se tocaban.

–Estás muy guapa con esa camiseta, por cierto –le dijo Bane, soltando la taza de café.

Crystal bajó la vista para mirarla, pensando que debía de estar tomándole el pelo porque no era más que una camiseta ancha y vieja, pero no pudo evitar ruborizarse.

Cuando levantó la cabeza para murmurar un «gracias», el estómago le dio un vuelco al encontrarse con una intensa mirada teñida de deseo.

Bane le puso las manos en la cintura.

–No acabo de acostumbrarme a verte tan cambiada –murmuró, subiendo y bajando los dedos por sus costados–. ¿De dónde han salido todas estas curvas?

Crystal tragó saliva y se encogió de hombros.

–Una mañana me desperté y estaban ahí.

¿Pero qué le pasaba? Debería estar diciéndole que parase… ¿Por qué diablos tendrían que ser tan agradables sus caricias?

Su respuesta hizo reír a Bane.

–Ya, seguro, como si algo así pudiera ocurrir de la noche a la mañana… –murmuró.

Y cuando inclinó la cabeza y tomó sus labios, Crystal no pudo resistirse y respondió al beso.

A Bane le encantaba besar a Crystal. Sus besos no eran apasionados, eran ardientes, y en cuestión de segundos se encontraba estremeciéndose de deseo. Era como si sus labios estuvieran perfectamente sincronizados, anticipando cada movimiento del otro.

No quería que aquel instante terminara jamás, pero de pronto Crystal despegó su boca de la de él y se quedó mirándolo aturdida. Cuando se pasó la lengua por el labio inferior se sintió tentado de volver a besarla, pero sabía que no debía tentar a la suerte.

–No deberíamos haber hecho eso, Bane –murmuró.

–No veo por qué no; eres mi esposa.

–Pues no me siento como si lo fuera.

–Bueno, eso puede arreglarse, cariño –le contestó él en un tono provocativo.

Ella lo miró muy seria y le espetó:

–Acostarnos no es la solución. Necesito tiempo, Bane; no quiero que me metas prisa.

–Si no lo hago…

Cuando Crystal se cruzó de brazos, deseó que no lo hubiera hecho, porque volvieron a marcársele los pezones bajo la camiseta.

–¿Y entonces a qué venía ese beso de ahora?

Él sonrió.

–La pasión no se puede contener. No sabes cuánto te deseo… –le dijo. Al ver un cierto recelo en sus ojos, añadió–: Relájate, ya me lo dirás cuando estés preparada. Pronto te darás cuenta de que, aunque haya cambiado, en lo que importa sigo siendo el mismo chico del que te enamoraste.

Ella sacudió la cabeza y farfulló algo ininteligible.

–Dame un voto de confianza –le pidió Bane con suavidad–: estoy seguro de que me entenderás cuando leas las cartas y las tarjetas que te he dado.

En ese momento le sonó el móvil, y cuando se volvió hacia la mesa para alcanzarlo Crystal aprovechó para apartarse de él y volver a su cama.

Contestó la llamada y cuando colgó se volvió hacia Crystal.

–Era Flip. Quería que te dijera que ha sacado todas las cosas que le habías pedido. Y eso no es todo: también ha descubierto un dispositivo de escucha oculto.

Capítulo Doce

El corazón le dio un vuelco a Crystal. ¿Qué más podía pasar?

—Imposible… ¿Cómo han podido colocarlo? No ha entrado nadie en mi casa en el tiempo que llevo allí; ni siquiera tengo visitas…

—Estaba escondido en una jirafa de peluche que tenías sobre la cómoda. ¿Te la dio alguien?

Crystal frunció el ceño.

—Fue un regalo de una compañera de trabajo. Hizo un viaje a Sudáfrica hace unos meses, y nos trajo un recuerdo a cada uno.

—¿Y cuál es el nombre de esa persona tan generosa?

—Jasmine Ross.

—Pues no es tan altruista como aparenta. Cuando Flip vio el peluche pensó que tal vez querrías conservarlo también, pero notó algo raro y al inspeccionarlo encontró el dispositivo. Supongo que pensaban que podrían grabarte hablando de tu investigación por teléfono.

—Se habrán llevado un chasco. ¿Y había más micrófonos ocultos?

Bane sacudió la cabeza.

—Flip y sus hermanos han revisado el resto de la casa y no han encontrado nada. ¿Comprendes ahora por qué el Departamento de Seguridad Nacional quiere quemarla? Como te dije, no pueden correr riesgos.

No, no lo comprendía. La actitud de Bane la irritaba. Oyéndole hablar daba la impresión de que le parecía de lo más normal que fueran a incendiar su casa. Enfadada, le dio la espalda y se puso a guardar en la bolsa de tela todas las cartas y las tarjetas. No estaba de humor para leer nada. Lo único que quería hacer era meterse en la cama y descansar; tenía la cabeza como un bombo.

–Bueno, pues voy a ducharme yo también –dijo Bane.

–Bien.

Crystal se sintió tentada de volverse para mirarlo, pero se contuvo. Y para cuando saliese del baño, con suerte ya estaría profundamente dormida.

Cuando oyó cerrarse la puerta del baño dejó escapar un profundo suspiro. ¿Cómo iban a compartir habitación sin…? Sacudió la cabeza. La idea de volver a hacer el amor con él la estaba volviendo loca.

Y entonces, cuando empezó a oír el agua de la ducha, no pudo evitar acordarse de cuando se habían duchado juntos tras su noche de bodas, y de todas las cosas que Bane le había enseñado sobre el sexo. Había sido el mejor profesor que una chica hubiera podido tener: dulce y paciente.

Mientras se tapaba, trató de apartar a Bane de su mente, y se puso a pensar en su casa y en todas sus cosas, que en ese momento podrían estar siendo ya pasto de las llamas.

Cuando Bane salió del baño ataviado con unos pantalones cortos de deporte, miró hacia la cama de

Crystal, que estaba dormida. ¿O no lo estaba? Observó, divertido, que en realidad solo fingía estarlo, porque por el rabillo del ojo la pilló mirando su torso desnudo.

No le importaba que lo mirara todo lo que quisiera. Por él hasta podría tocarlo si quisiera. O mejor aún, podría invitarlo a meterse en su cama.

Para torturarla un poco más, decidió ponerse a hacer su rutina diaria de ejercicios. Y ya de paso quizá así conseguiría también controlar sus hormonas. Empezó con una serie de flexiones. Luego siguió con otra de abdominales.

Llevaba menos de treinta minutos de su tabla de ejercicios cuando notó que la respiración de Crystal se había tornado algo agitada. Parecía que no era el único con las hormonas revueltas. Se levantó del suelo, con el torso bañado en sudor, y se puso a correr en el sitio.

–Lo que estás haciendo no tiene sentido, Bane.

–Creía que estabas durmiendo –respondió él, reprimiendo una sonrisa.

–¿Cómo voy a dormir con el ruido que estás haciendo?

–Perdona –dijo Bane quedándose quieto. Puso los brazos en jarras–. ¿Qué no tiene sentido?

–Que acabes de darte una ducha y te pongas a hacer ejercicio para empezar a sudar otra vez.

Él se rio.

–Pues me daré otra ducha; no pasa nada.

Crystal se giró sobre el costado y se apoyó en el codo para incorporarse un poco.

–Has hecho cien flexiones. ¿Quién hace eso?

De modo que había estado llevando la cuenta… Pero se había saltado unas cuantas.

–Un SEAL que necesita mantenerse en forma. Y he hecho ciento veinticinco, no cien –puntualizó. Se preguntaba en qué habría estado pensando mientras hacía las otras veinticinco.

–¿Y eso qué más da? Lo que espero es que hayas acabado.

–Por esta noche sí. Cada mañana hago la misma rutina de ejercicios, pero intentaré no hacer ruido para no molestarte.

El ruido que había estado haciendo no era lo que la molestaba, pensó Crystal, intentando sin éxito apartar sus ojos de él. ¿Por qué sudoroso le resultaba aún más sexy? Tal vez porque el brillo del sudor resaltaba sus músculos: los abultados bíceps, su firme abdomen... ¡Por amor de Dios! Había pasado cinco años sin sexo y hasta entonces no le había importado. Pero en ese momento, con Bane en la misma habitación...

Cuando había salido del baño se había hecho la dormida, pero verlo vestido solo con esos pantalones cortos y el torso desnudo era demasiado para ella. Había intentado cerrar los ojos y no abrirlos, pero el oírlo gruñir mientras hacía ejercicio había disparado en su mente todo tipo de fantasías.

–Se me ha abierto el apetito. ¿Quieres comer algo? El tipo de recepción dijo que el servicio de habitaciones funcionaba las veinticuatro horas.

A ella también le había entrado hambre mirándolo, pero no precisamente de comida.

–No, gracias. Todavía estoy llena después de esos

sándwiches que tomamos de camino. Pero si quieres pedir para ti, hazlo.

–Sí, creo que pediré algo ligero. Imagino que ya habré salido de la ducha cuando vengan a traerlo, pero si no, por seguridad, no le abras la puerta a nadie. Si son del servicio de habitaciones esperarán unos minutos o se lo llevarán y volverán más tarde.

–De acuerdo.

Esperaba que esa vez, cuando saliese de la ducha, sí se hubiese dormido. Lo siguió con la mirada mientras iba hasta el escritorio a por su móvil para llamar. Cuando le contestaron, pidió un filete de ternera con patatas. ¿A las cuatro de la mañana? Enarcó una ceja. Si esa era su idea de una comida ligera, no quería ni imaginarse qué sería para él una comida pesada.

Mientras hablaba por el móvil se encontró recreándose de nuevo la vista con su imponente cuerpo. Una gota de sudor rodó por el pecho de Bane, deslizándose sobre los músculos esculpidos de su abdomen, y se perdió bajo la cinturilla de sus pantalones cortos. ¿Por qué de repente estaban entrándole ganas de seguir con la lengua el rastro que había seguido esa gota?

Bane ya había colgado y había vuelto a dejar el móvil en el escritorio, pero justo cuando iba a irse al baño volvió a sonar.

–Es Nick –dijo al mirar la pantalla.

A Crystal se le encogió el estómago. Esperaba que no fueran malas noticias.

–Dime, Nick.

Cuando vio a Bane apretar la mandíbula y le oyó maldecir tres veces entre dientes, tuvo un mal presentimiento.

–Gracias, Nick. Nos pondremos en camino otra vez. Llama a Viper; él sabrá qué hacer –dijo Bane antes de colgar.

Crystal se bajó de la cama, e iba a preguntarle qué pasaba, cuando él le preguntó:

–¿Dónde está tu chaqueta?

–¿Mi chaqueta? –repitió ella, enarcando una ceja–. Está colgada en el armario. ¿Por qué?

–Le han puesto un dispositivo de rastreo.

–¡¿Qué?!

Bane ya había abierto el armario y descolgado la chaqueta de un tirón. Crystal lo miró espantada cuando sacó una navaja suiza del bolsillo y rasgó una de las costuras.

–¡Bingo! –dijo sacando un objeto pequeño que parecía un botón dorado.

Crystal emitió un gemido ahogado.

–¿Significa eso que…?

–Sí, alguien ha estado rastreándonos desde que salimos y lo más probable es que sepan que estamos aquí.

–¿Pero cómo han podido poner eso en mi chaqueta?

–Probablemente cuando estabas trabajando. ¿Dónde la dejas cuando entras al laboratorio?

–La cuelgo en una sala que usamos de ropero.

–Ahí tienes la respuesta. Y sospecho que quien lo hizo es esa mujer que te dio el peluche –respondió Bane. Se frotó la cara con las manos y le dijo–: Vamos, tenemos que recogerlo todo y salir de aquí cuanto antes.

–Pero… ¿y la comida que has pedido? ¿Y la ducha que ibas a darte?

–Ya pararemos a comprar algo. Ahora lo importante

es irnos lo más lejos que podamos de este sitio. Y en cuanto a lo de la ducha, también tendrá que esperar. Espero que no te moleste ir en el coche conmigo todo sudado.

–Sobreviviré –contestó ella, yendo a guardar sus cosas. De pronto se sentía culpable de que Bane se hubiera visto involucrado en aquella pesadilla–. Lo siento –dijo girándose para mirarlo mientras metía su bolsa de aseo en la maleta.

Él, que también estaba guardando lo que había sacado de la suya, se paró y la miró.

–¿El qué?

–Estar causándote tantas molestias. Imagino que esto no entraba en tus planes cuando viniste a mi casa.

–Eso da igual. Eres mi esposa, Crystal, y te protegeré con mi vida si es necesario.

Crystal se estremeció y rogó por que no lo fuera. Aun así, las palabras que Bane acababa de pronunciar tuvieron un profundo impacto en ella.

Minutos después habían terminado de recoger.

–¿Lista? –le preguntó Bane, asegurándose de que no se dejaban nada.

Ella asintió.

–Bien. Te explicaré la situación –le dijo él–: Es bastante probable que estén esperándonos en el aparcamiento, así que hemos puesto un plan en marcha.

–¿Y qué plan es ese?

–Ahora lo verás.

Después de que Bane abriera la puerta y mirara a un lado y otro del pasillo, salieron de la habitación y bajaron por las escaleras en vez de tomar el ascensor. Al llegar abajo se encontraron cerrada la puerta de salida de emergencia, pero Bane volvió a sacar su navaja suiza y usó una herramienta que parecía una pequeña aguja de tricotar para forzar la cerradura.

Cuando salieron, Crystal vio que estaban en el patio trasero.

–¿Cómo llegaremos al coche?

–No vamos a usarlo.

De repente llegó un todoterreno blanco seguido de un sedán de color negro. Como Bane no pareció alarmarse, Crystal dedujo que era parte del plan. Cuando se abrió la puerta del todoterreno y salió un hombre corpulento, Bane esbozó una sonrisa.

–Crystal, te presento a Gavin Blake –dijo cuando se detuvo frente a ellos–; Viper para los amigos. Es otro de mis compañeros de equipo.

Capítulo Trece

–¿Habéis comprobado el aparcamiento? –le preguntó Bane a Viper.

Este asintió.

–Es justo como imaginaste: al lado del vehículo que conducíais hay aparcado un coche con dos tipos dentro. Se lo he descrito a Nick y le he dado la matrícula. Parece que es el mismo que vio un testigo en la zona en la que fue secuestrado uno de los bioquímicos –señaló el todoterreno blanco con la cabeza–. Ahí tenéis vuestro nuevo transporte. Lo más probable es que esos tipos no sepan que os habéis dado cuenta de que os estaban rastreando. Seguramente planeaban raptar a tu esposa en cuanto dejaseis el hotel mañana por la mañana.

–Pues lo tienen crudo –masculló Bane.

–Eso mismo dije yo –respondió Viper riéndose–. No tienen ni idea de con quién se están metiendo. Los mantendré entretenidos para que podáis marcharos sin que se den cuenta del engaño. Esto va a ser divertido.

–No te diviertas demasiado –le advirtió Bane, enarcando una ceja.

–Me portaré bien, no te preocupes. He traído conmigo a mi primo, el marine, para que se asegure de que no me meteré en problemas –dijo tendiéndole las llaves del todoterreno–. ¿Ya tenéis un plan?

–Sí, mi hermano está llamando a familiares que tienen contactos en la policía.

–Eso está bien; no hay nada como contar con el apoyo de la familia cuando estás en un apuro –dijo Viper. Luego se volvió hacia Crystal y le dijo con una sonrisa–: Me alegra haberte conocido por fin; Bane no hace más que hablar de ti.

Y, tras decir eso, se alejó para subirse al sedán negro, y Bane siguió el coche con la mirada mientras se alejaba.

–Vamos –le dijo a Crystal–, salgamos de aquí antes de que los tipos del aparcamiento se den cuenta de que vamos un paso por delante de ellos.

Abrió el maletero y metió el equipaje de ambos.

–¿Quieres que conduzca yo? –se ofreció ella–. Debes de estar cansado.

Bane sonrió y le abrió la puerta del copiloto para que subiera. ¿Cansado? Aquello no era nada comparado con las misiones a las que se enfrentaban sus compañeros y él.

–No, estoy bien. Estamos juntos, y eso es lo único que me importa.

Estamos juntos, y eso es lo único que me importa… Una media hora después, cuando Bane estaba tomando ya la interestatal, Crystal no podía dejar de recordar esas palabras. ¿No debería ser lo único que le importase a ella también? Lo único que tenía claro era que se alegraba de tener a Bane a su lado con todo lo que estaba ocurriendo.

No quería ni imaginar por lo que debían de estar

pasando los dos químicos a los que habían secuestrado. Probablemente ni siquiera sabían si alguien los encontraría y los rescataría. ¿Estarían siquiera aún en el país?

–¿Estás bien? –le preguntó Bane.

Crystal giró la cabeza hacia él. Debería ser ella quien le preguntase eso a él. Ella al menos había dormido a ratos en el coche.

–Sí, estoy bien. ¿Y tú?

Él se rio.

–No podría estar mejor.

Hasta cierto punto era verdad, pensó. No había duda de que estaba en su salsa. El nuevo Bane era diferente, más disciplinado, no impulsivo ni temerario como el Bane de antaño.

Por hablar de algo para que no se durmiera al volante, le preguntó:

–Bueno, ¿y cómo están tus hermanos y tus primos? ¿Se ha casado alguno?

Bane se rio.

–¿Que si se ha casado alguno? Bailey se casa en San Valentín, y cuando lo haga ya no quedará nadie soltero.

–¿Bailey se va a casar?

–Sí, y va a irse a vivir a Alaska. Su futuro marido tiene tierras allí.

Crystal no podía dar crédito a lo que oía.

–¡Pero si siempre decía que jamás se casaría ni se iría de Dénver!

–Pues ya ves; solo hacía falta que un hombre la enamorara para hacerla cambiar de opinión. Tuve ocasión de conocer a su prometido, Walker Rafferty. Un buen tipo. Exmarine.

–Me alegro por ella.

–Sí, yo también.

Mientras Bane seguía hablándole del resto de su familia y de sus parejas, Crystal se cambió de postura en el asiento para estar más cómoda. Le encantaba el sonido de su voz.

No le preguntó a dónde se dirigían. Como él había dicho antes, estaban juntos, y eso era lo único que importaba.

Bane dejó la maleta a los pies de la cama y paseó la mirada por la habitación del hotel en el que se acababan de registrar. Era más espaciosa que la del anterior, y la cama parecía estar llamándolo de lo cansado que estaba, pero lo primero que iba a hacer era darse una ducha. Había estado nueve horas conduciendo.

Fuera aún era de día, pero si corrían las cortinas no entraría tanta luz. Necesitaba dormir unas horas para mantenerse alerta y proteger a Crystal.

En ese momento le sonó el móvil. Alargó la mano hacia la mesilla de noche, donde lo había dejado. Tenía un par de mensajes de texto. Uno era de Flip, para decirle que, como les había avisado Nick que pasaría, la casa de Crystal había sido pasto de las llamas. Los tipos que habían intentado entrar porque esperaban encontrar datos de su investigación debían de estar furiosos.

El otro mensaje era de Viper, que le informaba de que habían reducido a los tipos del aparcamiento y los habían entregado al Departamento de Seguridad Nacional.

–¿Quieres que te pida algo de comer? –le preguntó Crystal.

–Sería estupendo, gracias –contestó mientras sacaba ropa limpia de la maleta.

–¿Quieres algo en particular?

Bane estuvo a punto de responder: «Sí, a ti», pero se contuvo.

–Lo que escojas estará bien –le dijo, y entró en el cuarto de baño llevándose el móvil con él.

Cuando cerró tras de sí, apoyó la espalda contra la puerta e inspiró profundamente. La ducha era solo una excusa. Lo que de verdad necesitaba era poner un poco de distancia entre ellos, porque el compartir habitación con ella después de cinco años sin sexo estaba volviéndolo loco.

En ese momento le llegó un mensaje de texto. Era de Nick. Le decía que la tal Jasmine Ross había desaparecido. Aquello estaba cada vez más enredado, pensó mientras terminaba de leer el mensaje. Dejó el móvil junto al lavabo, se desvistió y se metió en la ducha.

Su plan era permanecer en aquel hotel hasta el día siguiente. Luego conducirían de noche hasta el límite entre Alabama y Georgia, donde se encontrarían con sus primos Dare, Quade, Cole y Clint.

Dare, que había sido agente del FBI, era sheriff en College Park. Clint y Cole habían pertenecido al cuerpo de *rangers* de Texas y Quade tomaba parte de vez en cuando en misiones secretas para una agencia del Estado estrechamente conectada a la Casa Blanca.

Después de secarse, se puso unos vaqueros y una camiseta y se guardó el móvil en el bolsillo, listo para comer algo y dormir un poco al fin. Pero cuando abrió la puerta del baño se encontró a Crystal paseando arriba y abajo.

–¿Qué ha pasado? –le preguntó.

Crystal se detuvo y se giró para mirarlo.

–¿Eh? ¿Por qué me preguntas eso?

–Porque te veo andando arriba y abajo, como si estuvieras preocupada por algo.

–Perdona. Supongo que es la tensión acumulada –dijo Crystal, yendo a su cama a sentarse.

Bane se agachó junto a su maleta y guardó en una bolsa la ropa que se había quitado.

–No tienes que disculparte. Es que no quiero que acabes más cansada de lo que ya estás.

–Más cansado debes de estar tú, que no has dormido nada en veinticuatro horas.

–He sobrevivido con menos horas de sueño –respondió él, encogiéndose de hombros. Se quedó callado un momento y la miró, preguntándose si sería un buen momento para hablarle del último mensaje de Nick. No quería preocuparla más, pero antes o después tendría que contárselo–. Me ha llegado un mensaje de Nick mientras estaba en el baño; Jasmine Ross ha desaparecido.

Crystal parpadeó y lo miró boquiabierta.

–¿Qué?

–Nick cree que podría haber sospechado que el Departamento de Seguridad Nacional está vigilándola y está escondiéndose de ellos.

En ese momento llamaron a la puerta y una voz dijo: «Servicio de habitaciones».

–Justo a tiempo –dijo Bane incorporándose.

Por si acaso, se llevó la pistola y escudriñó por la mirilla antes de abrir.

Después de que el empleado les dejara la comida y se marchara, Bane sonrió a Crystal y le dijo:

–Tiene todo una pinta estupenda. ¿No quieres tomar algo tú también?

–Bueno, quizá comer algo me ayude a olvidarme un rato de toda esta locura –dijo, y fue a unirse a él.

Capítulo Catorce

Cuando terminaron de comer, Bane se levantó y fue a mirar por la ventana.

–Cuesta creer que ya esté a punto de ponerse el sol.

Ella había abierto las persianas cuando él se estaba duchando, para que la habitación no estuviese tan oscura, pero como Bane había dicho, pronto ya no tendrían nada de luz natural.

–Y dentro de poco haremos las veinticuatro horas –añadió él.

Crystal enarcó una ceja.

–¿Las veinticuatro horas de qué?

Bane sonrió y se quedó mirándola un momento antes de contestar:

–Veinticuatro horas que estamos juntos. Apenas acabamos de retomar nuestra relación, pero veinticuatro horas no es un mal comienzo, ¿no?

Crystal puso los ojos en blanco y sacudió la cabeza.

–Supongo que no –murmuró–. Bueno, ahora soy yo la que voy a ducharme. Estoy deseando meterme en la cama.

–Y yo –dijo Bane.

Aquello sonó como que quisiera meterse en la cama con ella. Sin querer, Crystal levantó la cabeza y sus ojos se encontraron. Quería apartar la vista, pero era como si fuera prisionera de la intensa mirada de Bane.

No debería estar mirándola así. Y esa sonrisa burlona en sus labios…

Se aclaró la garganta y se puso de pie. Como se sentía incómoda y le parecía que tenía que decir algo, balbució:

–Creo… creo que me daré un baño en vez de una ducha. Sumergirme en el agua caliente me vendrá bien para relajarme, y he visto que hay unas sales de baño con olor a vainilla.

Frunció el ceño al oírse a sí misma. ¿Pero qué tonterías estaba diciendo? Era demasiada información. La culpa era de su sonrisa, esa sonrisa tan sexy que la hacía comportarse como una adolescente nerviosa.

–Suena bien. ¿Te importa si me uno a ti?

¿Por qué tenía que haberle preguntado eso? ¿Y por qué había bajado la vista a su pecho? Probablemente el que de repente se notara los pezones tirantes bajo la camiseta tuviera algo que ver. Cuerpo traidor…

–¿Para qué? Ya te has dado una ducha. Además, dudo que un hombre tan macho como tú quiera oler a vainilla –dijo yendo a su cama, donde había colocado una muda de ropa.

Y antes de que Bane pudiera decir nada más, agarró la ropa, se fue al baño a toda prisa y cerró tras de sí.

Crystal se sentía como nueva. Había estado casi una hora en la bañera y desde luego le había ido de maravilla para relajarse. Con un poco de suerte quizá Bane ya se hubiese dormido, se dijo mientras se ponía unas braguitas limpias y el camisón.

Con un poco de suerte quizá Bane ya se hubiese dormido, se dijo.

Al abrir la puerta del baño esperó un momento a que sus ojos se hicieran a la penumbra. Lo primero que vio fue que Bane no estaba en su cama, como esperaba, sino sentado en el escritorio, de espaldas a ella.

Se giró al oírla salir, y por su cara supo de inmediato que algo no iba bien.

—Bane, ¿qué ocurre?

Él se levantó y se metió las manos en los bolsillos de los vaqueros.

—Acabo de hablar con Nick por teléfono.

Nick, el que siempre parecía tener malas noticias, pensó ella.

—¿Y? —lo instó, al ver que permanecía callado.

—Han arrestado a dos tipos, pero ninguno de ellos se presta a colaborar —le explicó Bane—. Y han encontrado a Jasmine Ross.

—¿La han encontrado? —repitió ella yendo hacia él—. Pero eso es una buena noticia, ¿no? —inquirió excitada—. Tal vez Jasmine confiese qué papel ha jugado en todo esto a cambio de que la fiscalía reduzca los cargos de los que vayan a imputarla o algo así. Y quizá consigan que les diga dónde tienen retenidos a los otros dos químicos que han secuestrado.

—Por desgracia me temo que Jasmine no podrá decirle nada a nadie.

Crystal frunció el ceño.

—¿Por qué no?

—Porque está muerta. Le pegaron un tiro en la cabeza y la arrojaron a un lago. Dos pescadores encontraron su cadáver haces unas horas.

***

–Toma, bébete esto.

Con manos temblorosas, Crystal tomó el vaso que Bane le tendía. ¿Habían matado a Jasmine? Todo aquello resultaba tan irreal, tan difícil de creer…

Se acercó el vaso a los labios, pero el fuerte olor a alcohol la hizo echar la cabeza hacia atrás.

–¿Qué es?

–Whisky. He sacado un botellín del minibar porque me pareció que te haría falta cuando te diera la noticia.

–Pero si yo no bebo…

–Toma un sorbo; te vendrá bien para calmar los nervios.

Crystal obedeció. Cuando el whisky le quemó la garganta al tragar, contrajo el rostro y tosió, pero luego sintió que un calor agradable se extendía por su cuerpo, relajando sus músculos.

–Ella se lo buscó, Crystal –le dijo Bane–. Es evidente que colaborar con esos tipos no le provocó el menor cargo de conciencia. Recuerda que fue ella quien te dio ese peluche para que pudieran escuchar tus conversaciones y quien puso ese dispositivo de rastreo en tu chaqueta.

–Lo sé, pero aun así me cuesta creer que fuera capaz de algo así… Casi siempre era simpática conmigo, o al menos fingía serlo –murmuró ella, dejando el vaso en el escritorio. Con un sorbo había tenido bastante–. ¿Cómo pudo acabar mezclándose en algo tan turbio?

Bane se encogió de hombros.

–¿Quién sabe por qué la gente actúa como actúa?

Por desgracia se metió en algo que escapaba a su control y se encontró con que la gente en la que creía que podía confiar la veían como una amenaza, como a alguien que ya no necesitaban.

Crystal se estremeció.

–¿Estás bien? –le preguntó Bane con suavidad.

Ella levantó la cabeza hacia el techo e inspiró profundamente.

–La verdad es que no. Bastante horrible era saber que una compañera de trabajo estaba implicada en todo este asunto, pero descubrir ahora que ha perdido la vida por algo tan absurdo es aún peor.

–Deberías meterte en la cama y tratar de dormir un poco.

Crystal asintió, con la muerte de Jasmine como una pesada losa sobre su alma, y se levantó. Cruzó la habitación, se metió en la cama, y se dio la vuelta para que Bane no la viera llorar.

Bane se despertó sobresaltado. Primero oyó un gemido y luego la voz de Crystal, agitada, balbuceando:

–No… ¡Por favor, no lo hagan! No le disparen… Por favor, no…

Se incorporó y se volvió hacia la cama de Crystal. Debía de estar teniendo una pesadilla, y no hacía más que sacudirse de un lado a otro, farfullando angustiada.

–Despierta, cariño –dijo zarandeándola suavemente para despertarla–. No pasa nada, es solo una pesadilla. Despierta.

Crystal abrió los ojos y lo miró aturdida antes de

lanzarse a sus brazos. Él la abrazó con fuerza y le acarició la espalda con suavidad.

–Solo era una pesadilla –murmuró.

Crystal susurró su nombre contra su cuello y el calor de su aliento encendió en él la chispa del deseo. Tenía que controlarse, se dijo, Crystal lo necesitaba.

–Estoy aquí, cariño. Estoy aquí contigo –murmuró estrechándola contra sí.

Crystal se echó hacia atrás para mirarlo.

–Era un sueño horrible. Nos habían encontrado y tú te negabas a dejar que me llevasen con ellos. Te ponías delante de mí, para protegerme, y uno de esos hombres te apuntaba con su pistola. Iba a dispararte, y yo me sentía tan impotente…

Bane le pasó una mano por la nuca y con la otra apartó un mechón de su rostro.

–Solo era un mal sueño –le susurró–. Aquí estamos solo nosotros y nadie va a dispararme.

–Pe-pero yo…

–Shhh… Tranquila, cariño, no pasa nada. Solo era un sueño.

Se inclinó para besarla en la mejilla, pero Crystal alzó la cabeza en ese momento, y su boca aterrizó sobre la de ella. Ella entreabrió los labios, sorprendida, y Bane no desaprovechó la ocasión de deslizar la lengua dentro de su boca.

Crystal gimió y le rodeó el cuello con los brazos mientras respondía al beso enroscando su lengua con la de él de un modo tan sensual que hizo que se estremeciera de placer y que todo su cuerpo se tensara de excitación.

Pero besarla no era lo único que quería hacer; quería

besar y acariciar cada centímetro de su cuerpo, volver a estar dentro de ella… No, tenía que contenerse, tenía que darle tiempo. Haciendo un esfuerzo sobrehumano, apartó sus labios de los de ella y, jadeante, apoyó su frente contra la suya.

Estuvo tentado de darle otro beso, uno rápido, antes de taparla y volver a su cama, pero no quería separarse de ella, quería que supiera que estaba a salvo con él.

Se tumbó a su lado y la rodeó con los brazos.

–Vuelve a dormirte –le susurró, intentando ignorar las blandas nalgas de Crystal, pegadas a su entrepierna. Tenía una erección y era imposible que ella no lo hubiese notado.

Pero entonces Crystal se puso a moverse, como si estuviese intentando encontrar una postura más cómoda, y cada vez que se restregaba contra él empeoraba las cosas. Bane apretó los dientes, pero cuando ya no aguantó más la sujetó para que dejara de moverse.

–Si yo fuera tú, dejaría de hacer eso –le advirtió.

–¿Por qué?, ¿porque me deseas?

Bane gruñó y la tumbó de espaldas antes de colocarse a horcajadas sobre ella y espetarle, mirándola a los ojos:

–¿Tú qué crees?

Crystal apartó la vista un segundo antes de volver a mirarlo.

–Creo que puede que te decepcionara.

Bane frunció el ceño.

–¿Por qué piensas eso?

–Porque hace cinco años que yo no…

Los labios de Bane se curvaron en una sonrisa traviesa.

–Si piensas eso, ¿también lo piensas de mí? ¿Crees que porque estoy desentrenado puede que ya no sea tan bueno en la cama como hace años?

Ella parpadeó sorprendida.

–No, no quería decir eso.

–Bien, porque yo no lo pienso de ti –murmuró Bane, inclinándose hacia ella–. De hecho, estaba preguntándome…

Crystal enarcó una ceja.

–¿El qué?

La sonrisa de Bane se tornó lobuna.

–Si aún seré capaz de llevarte al orgasmo solo con la lengua.

Capítulo Quince

Al oír a Bane decir aquello los recuerdos de su noche de bodas asaltaron a Crystal, que apartó la vista azorada.

–Mírame, cariño –le susurró Bane.

Cuando sus ojos se encontraron con los de él, el corazón le palpitó con fuerza y se le puso la boca seca. Sin apartar sus ojos de los de ella, Bane le levantó el camisón hasta la cintura y le quitó las braguitas mientras ella lo observaba, entre nerviosa y expectante. Cuando al fin deslizó una mano entre sus piernas, la encontró húmeda y dispuesta.

–¿Sabes cuántas veces, tendido en la cama, de noche, me he imaginado tocándote de este modo? –le susurró Bane, mientras introducía los dedos entre sus pliegues.

Ella abrió un poco más las piernas y cerró los ojos, extasiada con los escalofríos de placer que sentía cada vez que las yemas de sus dedos le rozaban el clítoris.

–¿Cuántas? –inquirió en un hilo de voz.

–Demasiadas –murmuró él.

Los dedos de Bane continuaron haciendo magia dentro de ella y las sensaciones que le provocaban eran tan intensas que pronto su respiración se tornó agitada y los latidos de su corazón se dispararon.

–¿Qué te parece si nos deshacemos de esto? –le preguntó Bane, tirando con la mano libre del camisón.

Crystal le ayudó a quitárselo y el calor de esos ojos castaños la abrasó al posarse en sus senos.

–Son aún más preciosos de lo que recordaba –murmuró.

Cuando se humedeció los labios e inclinó la cabeza hacia su pecho, Crystal sintió que los pezones se le endurecían.

Bane tomó uno de ellos entre sus labios y comenzó a succionarlo suavemente. Crystal no sabía qué estaba excitándola más, si las caricias de Bane en la parte más íntima de su cuerpo, o la deliciosa tortura a la que estaba sometiendo a sus pezones.

–¡Bane! –jadeó, sintiendo que ya no podía más.

Apenas unos segundos después le sobrevino el orgasmo y prorrumpió en intensos gemidos de placer. Bane los ahogó con un sensual beso mientras sus dedos continuaban moviéndose dentro y fuera de ella, volviendo a avivar la llama del deseo.

Cuando abandonó sus labios, deslizó la lengua por su cuello, le lamió los senos y siguió bajando hacia su estómago hasta que su boca se encontró con su mano. Sacó los dedos de entre sus pliegues y le levantó las caderas para saborear sus jugos.

En el instante en que su lengua la tocó, Crystal tembló como una hoja agitada por el viento y se aferró a sus hombros mientras él la devoraba como una bestia hambrienta. Cuando un nuevo orgasmo la sacudió, gritó su nombre, y por una fracción de segundo tuvo la convicción de que había muerto y estaba en el cielo.

Bane se incorporó y se desnudó mientras ella lo observaba y trataba de recobrar el aliento.

–Eso ha sido solo el principio –le susurró mientras enfundaba su miembro erecto en un preservativo–. Solo el principio…

Bane le separó las piernas, y cuando se inclinó sobre ella y sus ojos se encontraron, Crystal vio amor en los de él. Bane aún la amaba, como lo amaba ella a él. Mientras volvía a besarla, con un ansia casi feroz, recorrió su espalda con las manos, palpando sus impresionantes músculos.

–¿Estás preparada?

Crystal asintió, y Bane la sujetó por las caderas y la penetró hasta el fondo con una certera embestida. Estaba en casa, pensó. Había estado cinco años fuera y cinco años era demasiado tiempo. Pero ahora que estaba de vuelta estaba decidido a recordarle a Crystal lo bien que se compenetraban en la cama y que estaban hechos el uno para el otro.

Cuando sintió que los músculos internos de Crystal comenzaron a contraerse rítmicamente en torno a su miembro, echó la cabeza hacia atrás con un gruñido. Luego empezó a mover las caderas, embistiéndola una y otra vez hasta llevarlos a un nuevo orgasmo.

–¡Bane!

–¡Crystal!

Nunca había deseado a ninguna mujer como la deseaba a ella. Nada había cambiado, aunque, a la vez, ambos habían cambiado: eran adultos, más sabios y ahora sabían lo que querían.

Y, mientras continuaba sacudiendo sus caderas contra las de Crystal, entrando y saliendo de ella, supo que aquello no era más que el principio, como le había dicho.

Cuando llegaron al orgasmo de nuevo, un orgasmo aún más explosivo que el anterior, se derrumbó sobre ella, exhausto y maravillosamente satisfecho. Apenas hubo recobrado el aliento la miró a los ojos y atrapó sus labios con un beso apasionado, más seguro que nunca de que Crystal era su destino.

Cuando Crystal abrió los ojos, la luz del sol se filtraba por las lamas entreabiertas de las persianas. Bajó la vista hacia Bane, que estaba en el suelo, con unos pantalones cortos y sin camiseta, haciendo flexiones. Lo observó mientras lo escuchaba contando entre dientes. Iba ya por ciento ochenta y su torso relucía por el sudor. Nunca había visto a nadie con tanta energía.

Eran casi las nueve de la mañana. Había dormido más de la cuenta, pero no era de extrañar después de la sesión de sexo que habían tenido la noche anterior. Bane tenía la habilidad de conseguir que, por más veces que lo hiciesen, siempre se quedase con ganas de más.

Estaba algo dolorida, pero al mismo tiempo se sentía tan descansada y satisfecha que, cuando se estiró en la cama, con una sonrisa en los labios, solo le faltó ronronear.

—Buenos días —la saludó Bane—. Me alegra verte así de sonriente.

Crystal se volvió hacia él. Había terminado de hacer

sus ejercicios y estaba de pie, en medio de la habitación, con una taza de café en la mano.

—Es que no puedo dejar de pensar en lo increíble que fue lo de anoche —respondió ella.

Por la sonrisa que se dibujó en la cara de Bane, supo que se sentía halagado por sus palabras.

—Pensé que sería mejor esperar a que te despertaras para pedir el desayuno —le dijo.

Dejó la taza en el escritorio y fue a sentarse en el borde de su cama.

—No tenías que hacer eso —le reprochó ella incorporándose—. Seguro que después de anoche y todo el ejercicio que has estado haciendo tienes el estómago vacío.

—Ya lo creo; me muero de hambre.

—Pues entonces pedimos algo, ¿no?

—Tampoco hay tanta prisa… —murmuró él, antes de rodearla con sus brazos—. Antes podríamos jugar un poco más… —añadió, inclinándose para besarla.

Sin embargo, en mitad del beso, le sonó el estómago a Bane, y Crystal se apartó riéndose.

—¿Has recibido algún mensaje? —le preguntó.

—No, y mejor, porque bastante movidito fue ya el día de ayer.

—¿Y qué plan tenemos para hoy?

—Nos quedaremos aquí a descansar y nos marcharemos cuando anochezca.

—¿A dónde?

—A reunirnos con mis primos Quade, Dare, Clint y Cole cerca del límite entre Alabama y Georgia —contestó Bane, antes de retomar sus ejercicios y ponerse a correr en el sitio.

Crystal se acuclilló a los pies de su cama, donde tenía su maleta, para sacar ropa limpia, pero no pudo evitar echar alguna que otra mirada furtiva a Bane. Justo en ese momento una gota de sudor rodó desde su frente hasta el cuello y luego por su pecho desnudo.

Crystal contuvo el aliento mientras se imaginaba siguiendo el rastro salado de esa gota con la lengua. Y no sería lo único que haría, pensó. Le pondría las manos en los hombros y recorrería con ellas todo su cuerpo…

–¿Ocurre algo?

Crystal parpadeó y se dio cuenta de que se había quedado allí de pie, mirándolo, con la ropa en la mano. Tragó saliva y balbució:

–No, nada.

Quería darse la vuelta e irse al cuarto de baño, pero era como si los pies se le hubieran quedado pegados al suelo, y ahora era él quien estaba recorriéndola lentamente con la mirada. A Crystal le ardía la piel y su respiración se tornó agitada cuando lo vio acercarse a ella.

–¿Seguro que no? –inquirió con voz ronca, deteniéndose frente a ella.

Estaba tan cerca que con solo alargar la mano podría tocarlo, palpar esos firmes pectorales que brillaban con su sudor.

–Se-seguro –balbució ella.

Él esbozó una sonrisa divertida; sabía que estaba mintiendo, por eso le preguntó:

–¿Y si nos duchamos juntos?

De inmediato un montón de imágenes tórridas acudieron en tropel a la mente de Crystal.

–¿Que nos… duchemos juntos?

–Sí. La otra noche te pregunté si podía bañarme contigo, pero me dijiste que no.

Crystal tragó saliva de nuevo.

–No estaba preparada.

Bane dio otro paso hacia ella.

–¿Y ahora? ¿Estás preparada? ¿No quieres jugar un ratito conmigo en la ducha?

–Pero es que la ducha no es muy grande –repuso Crystal–. Vamos a poner el suelo perdido.

–Ya lo limpiaré yo después –propuso él con una sonrisa que hizo que le temblaran las rodillas.

¿Quería jugar? Pues iban a jugar…

–Bueno, si a ti no te importa, ¿por qué vamos a discutir?

Lo dejó allí plantado y se dirigió al cuarto de baño contoneándose. Cuando entró, como sabía que los ojos de Bane la habían seguido hasta allí, decidió darle algo más que mirar.

Capítulo Dieciséis

–Tranquilo, chico –murmuró Bane para sí, intentando mantener bajo control su erección, que empujaba ya impaciente contra sus pantalones cortos.

Estaba como hipnotizado, siguiendo con la mirada las cimbreantes caderas de Crystal mientras esta se alejaba hacia el cuarto de baño.

Cuando entró, se puso a lavarse los dientes como si nada. Era algo de lo más cotidiano, pero hubo algo de erótico en cómo, al inclinarse para enjuagarse, la camiseta se pegó a sus senos y el dobladillo se levantó casi hasta sus nalgas.

Volvió a posar los ojos en su pecho. La forma redondeada de sus perfectos senos se dibujaba con claridad bajo la camiseta de algodón, igual que sus pezones endurecidos.

Crystal no se volvió, sino que siguió torturándolo: cerró el grifo, guardó el cepillo en su bolsa de aseo, y se quitó la camiseta sin prisa, descubriendo su cuerpo desnudo poco a poco, antes de arrojarla a un lado.

Bane se detuvo detrás de ella, la miró a los ojos en el espejo y le sostuvo la mirada mientras la asía por las caderas y se acercaba un poco más, pegándose a ella. Cuando empezó a frotarse contra sus nalgas estuvo a punto de perder el control.

Se inclinó para besarla en el hombro, le mordisqueó

el cuello y jugueteó con el lóbulo de su oreja, lamiéndolo y succionándolo suavemente hasta hacerla estremecer.

–Bane…

–Lo sé, cariño –le susurró–. Lo sé. Yo también te necesito. No te imaginas cuánto. Lo de anoche fue solo un aperitivo para abrir boca –la giró hacia él, la levantó del suelo y la sentó en la encimera del lavabo–. Abre las piernas, Crystal.

Ella hizo lo que le pedía, pero cuando lo vio sacar un preservativo del bolsillo de los pantalones, lo detuvo diciéndole:

–No hace falta que te lo pongas, a menos que quieras. Después de perder el bebé la doctora que me atendió me aconsejó que tomara la píldora para regular mi menstruación.

Bane tragó saliva. Estaba diciéndole que podían hacerlo sin preservativo, piel contra piel, sin esa barrera artificial entre ellos. La sola idea lo hizo excitarse aún más.

–Entonces no lo usaré –murmuró.

Bane se quitó los pantalones y se colocó entre sus muslos. Su pene estaba impaciente por hundirse dentro de ella; nunca lo había notado tan ansioso. Cuando lo tomó para conducirlo dentro de ella, Crystal volvió a detenerlo.

–Deja que lo haga yo –le pidió.

Bane la miró a los ojos. Que quisiera ser ella quien lo guiara a su interior hizo que le flaquearan las rodillas.

–Está bien.

Bastó con que Crystal cerrara su mano en torno a

111

su miembro para que este se pusiera aún más duro y cuando lo introdujo entre sus pliegues fue como si lo sacudiera una corriente de mil vatios. En un acto reflejo la embistió, penetrándola por completo. Luego la asió por la cintura y empezó a mover las caderas, en un principio a un ritmo suave pero constante, que pronto se tornó casi frenético.

Se inclinó hacia delante para tomar sus labios, y cuando Crystal respondió, hizo el beso más profundo y sacudió las caderas con más fuerza. Los dos se movían al unísono, igual de excitados.

Crystal le suplicó entre jadeos que no parara, y no lo hizo. Aunque hubiera querido no habría podido. Era como si su capacidad de autocontrol hubiera quedado reducida a la nada más absoluta. Estaba fuera de control, estaba en llamas.

Crystal gritó su nombre y le rodeó la cintura con las piernas, atrayéndolo aún más hacia sí. Bane empujó las caderas con más fuerza.

–Aguanta, Crystal… aguanta un poco más…

Cuando alcanzaron juntos el clímax, todo su cuerpo se estremeció. Echó la cabeza hacia atrás y exhaló un profundo gemido. Aquella mujer que le había robado el corazón hacía tantos años, que había sido su mundo, seguía siéndolo, y siempre lo sería.

Cuando llamaron a la puerta de su habitación, muchas horas después, estaban en la cama, abrazados el uno al otro.

–Debe de ser la cena –dijo Bane, separándose de ella para bajarse de la cama.

Las horas se habían ido volando. Habían pasado el día haciendo el amor, parando solo para desayunar y almorzar y echar alguna que otra siesta para recuperar fuerzas.

Bane se puso los pantalones y, solo cuando tomó la pistola y se la metió en la cinturilla de los pantalones, Crystal recordó la situación en la que estaban, con gente peligrosa ahí fuera que quería secuestrarla.

—¿Quién es? —preguntó Bane, escudriñando por la mirilla.

—Servicio de habitaciones —respondió una voz de mujer.

—Un momento.

Bane abrió la puerta a la empleada del hotel, que no pudo disimular una sonrisilla mientras lo recorría con la mirada.

—Lo que habían pedido, señor —dijo empujando el carrito dentro de la habitación.

—Gracias.

Bane le dio una propina y, cuando la mujer se hubo marchado, Crystal alcanzó la camiseta de él, salió de la cama y se pusieron a comer.

—¿Sabes cuál es el plan después de que nos reunamos con tus primos? —le preguntó a Bane.

Él tomó un sorbo de agua y sacudió la cabeza.

—No estoy seguro. Quade tiene contactos en la Casa Blanca; puede que tenga alguna información sobre el topo del Departamento de Seguridad Nacional.

Crystal no dijo nada, pero no pudo evitar preguntarse qué más podrían hacer para mantenerla a salvo. No podían seguir huyendo eternamente. Además, ¿y si reclamaban a Bane para una misión? ¿Qué sería de ella sin él?

–Bane… ¿qué pasará si recibes una llamada y te reclaman para una misión?

Él se encogió de hombros.

–Le diré que no puedo ir. Eres mi esposa y no iré a ninguna parte hasta asegurarme de que estás a salvo.

–¿Por tu sentido del deber? –inquirió ella. Necesitaba saberlo.

Bane se quedó mirándola un buen rato antes de contestar.

–Crystal, eres más que un deber para mí. Te quiero. Por eso me alisté en la Armada en vez de quedarme en Dénver. De hecho, creo que si hubiese vuelto antes a por ti, ahora estaríamos divorciados.

Sus palabras la dejaron aturdida.

–¿Por qué piensas eso?

–Porque la vida es mucho más que lo que teníamos nosotros entonces.

–Teníamos amor; nos queríamos.

–Sí, y nuestro amor nos habría ayudado a seguir juntos durante un tiempo, pero lo más probable es que nuestra relación hubiese acabado desmoronándose. Yo solo tenía mi diploma de secundaria y tú ni siquiera querías terminar el instituto. Lo único que querías era ser mi esposa y la madre de mis hijos.

–¿Y te parece que había algo malo en eso? –le espetó ella.

–No, entonces no me lo parecía. Pero, piénsalo: ¿cómo podríamos habérnoslas arreglado sin tener que acabar pidiendo ayuda a tu familia o a la mía? Y con el tiempo eso habría hecho que acabara resentido –le explicó–. Yo tenía mis tierras, es verdad, pero no podía disponer legalmente de ellas hasta que cumpliera los veinticinco, y habríamos tenido que vivir en la cabaña. Y yo no me habría conformado con eso. Habría querido construirte una casa tan grande como las de mis hermanos, una casa lo bastante grande como para criar en ella a nuestros hijos. Además, ¿con qué medios íbamos a cuidar de ellos? Nunca nos los planteamos.

Crystal asintió a regañadientes. Aunque no quería admitirlo, sabía que lo que estaba diciendo era verdad.

Miró a Bane, que estaba comiendo de nuevo en silencio. Había querido darle una vida mejor porque la quería tanto que creía que sus hijos y ella se merecían lo mejor. Para dárselo había hecho sacrificios, y uno de ellos había sido separarse de ella. Había sido muy doloroso, pero ahora por fin lo comprendía.

—Bane…

Él levantó la vista de su plato para mirarla.

—¿Sí?

—Por fin me he quitado la venda de los ojos. ¿Y sabes qué veo delante de mí? A un hombre que me quiere —le respondió ella en un tono quedo—. Un hombre que me quiere de verdad, incluso después de cinco años sin verme ni hablar conmigo. Un hombre que decidió hacer los sacrificios que fueran necesarios para poder ofrecerme lo mejor. Gracias por todo eso.

En vez de sonreír, como había pensado que haría, Bane apretó la mandíbula y le dijo:

—No quiero que me des las gracias, Crystal.

No, claro que no, pensó ella, lo que quería era su amor; lo mismo que él le ofrecía a ella. Por eso, se levantó, e ignorando la cara de sorpresa de Bane, se sentó en su regazo, le rodeó el cuello con los brazos y apretó sus labios contra los de él.

Bane no respondió a su beso, pero no le importó; necesitaba hacerle comprender algo a él también con su beso. Estaba segura de que en cuanto lo comprendiera, lo sabría, así que puso toda su alma en aquel beso, y cuando lo oyó gemir supo que casi lo había conseguido.

Entonces Bane comenzó a responder al beso con la misma pasión que ella estaba poniendo, y sintió su mano deslizarse por sus muslos antes de introducirse por debajo de su camiseta para acariciar su piel desnuda.

Sabía que acabarían en la cama si no tomaba las riendas. Y no era que no lo desease, pero quería que supiese lo que pensaba, lo que sentía. Por eso, apartó sus labios de los de él. Sin embargo, las manos de Bane no se detuvieron. Una seguía debajo de su camiseta, mientras la otra subía y bajaba por su espalda.

—Yo también te quiero, Bane —susurró contra sus labios—; lo que pasa es que hasta ahora no sabía cuánto. Quiero que sepas que en todos estos años nunca he dejado de quererte.

—Ni yo a ti… —murmuró él.

La levantó en volandas y la llevó hasta la cama. Después de depositarla sobre el colchón, le quitó la camiseta antes de dar un paso atrás para desvestirse él también. Crystal pensó que era una suerte que no se hubiese puesto braguitas, porque si las llevara en ese momento estarían empapadas. Hasta ese punto lo deseaba.

Capítulo Diecisiete

Cuando Bane dio un paso hacia la cama, antes de que pudiera hacer nada, Crystal alargó la mano y cerró los dedos en torno a su miembro erecto.

–Me encanta –murmuró, humedeciéndose los labios.

Un gemido escapó de la garganta de Bane.

–Me alegro de que te guste.

Empezó a frotárselo, usando incluso las uñas para raspar suavemente la sensible piel de su pene, y Bane echó la cabeza hacia atrás y gruñó de placer.

Cuando Crystal se inclinó hacia delante y pasó la lengua alrededor de su miembro, Bane hundió los dedos en su cabello, y luego, cuando abrió la boca para engullirlo por completo, se estremeció de gusto.

Crystal acarició la mata de vello rizado que cubría su pubis y sintió que su miembro aumentaba aún más de tamaño. Estaba succionándolo con fuerza, y él tuvo que hacer un esfuerzo por no perder el control. Enredó los dedos en su sedoso cabello y sacudió las caderas, empujando su miembro dentro y fuera de la boca de Crystal, mientras ella le apretaba con suavidad los testículos.

¿Es que quería matarlo? ¿Tenía idea de cómo le excitaba lo que le estaba haciendo?, ¿de lo que le estaba costando contenerse para no eyacular en su boca? Sin embargo, sabía que eso sería lo que acabaría ocurriendo si no la detenía.

—Crystal —le susurró jadeante, con el corazón desbocado—. Para, cariño… Tienes que parar…

Ella hizo caso omiso a sus palabras, probablemente porque no las había pronunciado con demasiada convicción. Claro que, ¿cómo iba a querer que parase cuando estaba en el paraíso? El afán de Crystal por darle placer significaba muchísimo para él porque, a pesar de su falta de experiencia, estaba consiguiendo hacerle gemir sin parar.

Cuando sintió que ya no podía más intentó apartarla, pero Crystal se aferró a sus muslos y lo succionó no solo hasta que explotó dentro de su boca, sino hasta que los últimos coletazos del orgasmo se desvanecieron.

Debería estar exhausto, pero en vez de eso su deseo se avivó. Desesperado por hacerla suya, sacó el pene de su boca y empujó a su esposa para tumbarla en la cama.

Todo el cuerpo de Crystal se estremeció en el instante en que la penetró. Estaba tan húmeda que no le costó nada hundir su miembro hasta el fondo. Cuando Crystal le rodeó la cintura con las piernas, la miró a los ojos y le susurró:

—Te quiero, Crystal. Me encanta tu aroma, me encanta hacerte el amor, me encanta correrme dentro de ti.

—Yo también te quiero —murmuró ella.

Estaba seguro de que habría querido decir algo más, pero cuando empezó a moverse, ella comenzó a gemir. Bane le levantó las caderas y sacudió las suyas más deprisa, decidido a llevarla al límite y más allá, como había hecho ella antes con él.

Sentía que nunca saciaría su hambre de ella, y cuando Crystal gritó su nombre y le clavó los talones en la espalda, supo que estaba a punto de llegar al clímax. Hizo un esfuerzo por aguantar un poco más, pero los músculos de la vagina de Crystal apretaban su miembro, como si estuvieran intentando exprimir su esencia al máximo, y pronto ya no pudo más.

–¡Crystal!

Se descargó por completo dentro de ella al tiempo que se hundía hasta el fondo una última vez, y todo su cuerpo se convulsionó. Crystal lo rodeó con sus brazos y susurró su nombre una y otra vez.

Momentos después, cuando la tierra dejó de temblar, Bane consiguió levantar la cabeza para mirarla antes de fundir sus labios con los de ella. Y las palabras que acudieron a su mente mientras la besaba con un deseo incontenible fueron las mismas que ya le había dicho antes: aquello era solo el principio.

–Despierta, dormilona.

Crystal abrió los ojos y parpadeó mientras miraba por el parabrisas. Estaban aparcados en lo que parecía un área de descanso de camiones decorada con luces navideñas que aún estaban encendidas, aunque el sol ya estaba empezando a asomarse tras las montañas.

Habían dejado el hotel alrededor de las seis de la tarde del día anterior, así que habían estado unas doce horas en la carretera. Ella había estado durmiendo la mayor parte del tiempo. Solo habían parado un par de veces para tomar algo e ir al servicio. Había vuelto a ofrecerle a Bane turnarse con él para conducir, pero le había asegurado que no hacía falta.

Se irguió en el asiento y miró a Bane.

–¿Ya hemos llegado?

–Sí, pero ha habido un cambio de planes: hemos acordado otro punto de reunión.

Crystal miró a su alrededor.

–¿Pero dónde estamos?

–En Carolina del Norte. Mis primos me dijeron que preferían que nos encontráramos en la cabaña de Delaney, pero no me dijeron por qué. Supongo que porque es un sitio apartado y porque desde la cabaña puedes ver, desde kilómetros de distancia, si se acerca alguien.

En ese momento sonó su móvil.

–¿Sí?... Sí, ya estamos aquí... Sí, me acuerdo de cómo se llega... De acuerdo, nos vemos dentro de un rato –colgó y se volvió hacia Crystal–. Sé que debes de estar agotada, física y mentalmente, pero confío en que mis primos y yo conseguiremos trazar un plan para mantenerte a salvo y poner fin a todo esto.

Crystal asintió.

–¿Aún no se sabe nada del paradero de los otros dos químicos?

–No. Hablé con Nick mientras dormías. Parece ser que desde que se supo que había un topo en el Departamento de Seguridad Nacional todo el mundo tiene la boca cerrada.

Aquello no pintaba bien, pensó Crystal. Hasta entonces habían estado dependiendo de la información que Nick les había suministrado. ¿Qué harían ahora?, se preguntó suspirando.

–Todo irá bien –la tranquilizó Bane tomando su mano. Se la llevó a los labios y le besó los nudillos.

Crystal lo miró con ojos brillantes.

–Será mejor que nos pongamos en marcha –dijo, soltándole la mano para encender el motor–. La cabaña está como a una media hora de aquí.

Capítulo Dieciocho

–¿Qué demonios…? –masculló Bane, aminorando la velocidad.

Crystal lo miró, y se irguió en el asiento para mirar por el parabrisas.

–¿Qué ocurre, Bane?

Él sacudió la cabeza y señaló con la cabeza los coches, camionetas y motos que estaban aparcados delante de la cabaña a la que se aproximaban.

–Debería haberlo imaginado.

–¿Imaginarte qué? –inquirió ella confundida.

–Que no solo estarían aquí Quade, Dare, Clint y Cole. Los Westmoreland aprovechamos cualquier excusa para montar una reunión familiar.

Riéndose, paró el coche y apagó el motor antes de desabrocharse el cinturón de seguridad. Crystal hizo lo mismo con el suyo.

–Antes de que entremos quiero darte algo –le dijo Bane.

–¿El qué?

–Esto –respondió él, sacando una cajita de terciopelo de su chaqueta.

Crystal emitió un gemido ahogado cuando la abrió y vio un anillo de oro con un diamante engarzado.

–Bane… es precioso…

Bane lo sacó de la cajita para ponérselo en el dedo.

–Te queda perfecto, como si lo hubiesen hecho pensando en ti.

Crystal levantó la mano y el sol arrancó destellos del diamante.

–¿Pero cuándo lo has comprado?

Él sonrió.

–Lo compré en Nueva York. Tuve que hacer escala allí por culpa del mal tiempo y aproveché para ir a una joyería. Cuando nos casamos no pude permitirme darte nada más que esto –dijo alargando la mano para tocar el colgante que aún llevaba–. Pensé que ya iba siendo hora de que te diera un anillo, como te merecías –tomó su mano y volvió a besarle los nudillos.

Luego, incapaz de resistirse, se inclinó para besarla en los labios, pero se oyeron un par de golpes en la ventanilla, y Bane despegó sus labios de los de Crystal para lanzar una mirada furibunda al intruso, que dijo:

–¡Déjala respirar, Bane!

Era Thorn, uno de los hermanos de Dare.

–¡Piérdete! –le espetó él, sin molestarse en bajar la ventanilla.

–No me iré hasta que me haya asegurado de que sigues de una pieza. Voy a una carrera benéfica de motos en Daytona y tengo prisa, así que saca aquí tu trasero para que te vea.

Bane se rio y sacudió la cabeza. Crystal y él se bajaron del todoterreno.

–Me alegro de verte –le dijo Bane.

–Lo mismo digo –respondió Thorn, dándole un abrazo. Y luego se volvió hacia Crystal y la saludó con la misma efusividad–. ¿Cómo estás, Crystal? Ha pasado mucho tiempo.

—Es verdad –respondió ella–. ¿Qué tal tu familia?

—Bien, mi mujer está dentro con todos los demás.

—¿Quiénes son «todos los demás»? –inquirió Bane, enarcando una ceja.

Apenas había hecho aquella pregunta, la puerta de la cabaña se abrió y empezaron a salir miembros de su familia. Y si a alguien no esperaba ver Bane, era a su hermano Dillon. También estaban Stone, hermano de Dare y de Thorn, Jared, el hermano de Quade, Riley, Canyon, y sus primos gemelos, Aidan y Adrian.

—¿De qué va esto? –les preguntó riéndose–. Crystal y yo veníamos a refugiarnos aquí de los tipos que la persiguen, no a una reunión familiar.

—Todos queríamos veros con nuestros propios ojos para aseguramos de que estabais bien –respondió Dare con una sonrisa.

—La mayoría llegamos ayer. Se nos ocurrió que podíamos aprovechar para pescar un poco mientras esperábamos a que llegaseis. Estamos esperando a un par de personas más, así que primero desayunaremos y cuando lleguen discutiremos el plan que vamos a seguir.

Bane se preguntó quiénes serían, pero se limitó a decir:

—Pues vamos allá; me muero de hambre.

Crystal nunca había imaginado que pudiera llegar a sentirse una más en el clan Westmoreland. Todos se mostraron amables y afectuosos con ella, y cuando Dillon la llevó a un lado para decirle que todos se alegraban de que Bane y ella volviesen a estar juntos y que siempre la habían considerado parte de la familia, se emocionó y tuvo que excusarse un momento, diciendo que necesitaba usar el baño, para recobrar la compostura. Viniendo de Dillon, aquellas palabras significaban muchísimo para ella.

Bane, que iba de camino a la cocina, se la encontró de pie en el salón, junto a la ventana. Sin decir nada, se acercó y la atrajo hacia sí.

–¿Estás bien, cariño?

Ella alzó la vista hacia él y asintió.

–Sí. Es que… todo el mundo está siendo tan amable conmigo… –murmuró, sin poder evitar que se le saltaran las lágrimas.

Bane sonrió y le acarició la mejilla.

–¿Y de qué otro modo te iban a tratar cuando eres una persona estupenda?

–Pe-pero es que les dimos tantos quebraderos de cabeza en nuestra adolescencia… Siempre andábamos metiéndonos en líos.

–Sí, pero eso ya pertenece al pasado –le recordó él–. Además, mira adónde hemos llegado: yo me licencié en la escuela naval y soy un SEAL, y tú estás a solo unos meses de conseguir tu título de doctora en Bioquímica. ¿No te parece que «doctora Crystal Westmoreland» suena de maravilla?

Crystal se secó las lágrimas con el dorso de la mano.

–Sí, sí que suena bien.

Bane se inclinó para besarla, y podrían haber seguido así durante horas, el uno en brazos del otro, si no hubiese sido porque de repente un ruido, como de la puerta de un coche al cerrarse, los sobresaltó y se separaron. Se giraron hacia la ventana y vieron que frente a la cabaña se acababan de parar un par de coches. De ellos se bajaron tres hombres y una mujer. Esta última era la única a la que reconocieron: era Bailey, la prima de Bane.

–No me lo puedo creer… –murmuró Bane–. Ese de la chaqueta negra de cuero es clavado a…

–A Riley –dijo Crystal, igual de sorprendida–. ¿Quién será? Son como dos gotas de agua…

–Debe ser Garth Outlaw. No lo conozco, pero he oído que estuvo en los marines, y que sus hermanos y él tienen un gran parecido físico a nosotros. Bueno, no en vano ellos también son de la familia. Hace poco descubrimos que nuestro bisabuelo Raphel tuvo un hijo que dio en adopción siendo un bebé, a un matrimonio que se apellidaba Outlaw. Ese niño se convirtió, años después, en el padre de Garth y sus hermanos.

–Eso explica ese parecido tan asombroso –observó ella–. ¿Y quién es el que está junto a Bailey?

–Su prometido, Walker Rafferty. Me pregunto por qué habrán venido. El otro tipo no tengo ni idea de quién es –murmuró Bane–. Ven, vamos a averiguarlo.

Quade había salido a recibir a los recién llegados e hizo las presentaciones. Tal y como Bane había supuesto, el que parecía el doble de Riley era Garth, uno de sus primos de Alaska, los Outlaw. El otro hombre al que Bane no conocía era un tipo del Gobierno.

–Bane, Crystal, él es Hugh Oakwood –dijo Quade–. Ha sido designado hace poco por el presidente para dirigir una unidad especial del Departamento de Defensa.

Bane enarcó una ceja.

–¿Del Departamento de Defensa? ¿Y qué papel juega en todo esto el Departamento de Defensa? Normalmente de lo que se ocupan es de las acciones militares en el extranjero. Es el Departamento de Seguridad Nacional quien se ocupa de lo que ocurre dentro de nuestras fronteras.

–Normalmente, como usted ha dicho, es así –respondió Oakwood–. Pero estas no son circunstancias normales. Creemos que nos enfrentamos a una banda de delincuentes internacional y es muy probable que estén implicados algunos de nuestros empleados en el Departamento de Seguridad Nacional. Por eso el presidente ha autorizado que nosotros nos ocupemos de este asunto –les explicó–. ¿Podemos continuar esta conversación en privado? –preguntó, girándose hacia Quade.

Este asintió.

–Claro, vamos al estudio.

Capítulo Diecinueve

El estudio era una habitación espaciosa con paredes revestidas de madera y una bonita decoración rústica. Una librería que iba del suelo al techo ocupaba una de las paredes, mientras que otra tenía un enorme ventanal fijo.

Bane estaba sentado junto a Crystal en el sofá frente a la chimenea, y Dillon, Quade, Clint, Cole y Dare en sillas que había distribuidas por la habitación. Hugh Oakwood había preferido quedarse de pie.

Se volvió hacia Crystal y le dijo:

—He leído los informes de Industrias Seton sobre su investigación y debo decir que tiene usted una mente brillante, doctora Westmoreland.

Crystal se sonrojó.

—Bueno, yo no diría tanto. Y oficialmente aún no tengo el título de doctora.

—Tengo entendido que lo obtendrá en cuestión de meses —insistió Oakwood—, pero lo que me ha llamado la atención es que en esos informes que firmaba usted y que remitía Industrias Seton al Gobierno nunca usó usted su apellido de casada.

—Es verdad. Es que Bane y yo decidimos hace años mantener nuestro matrimonio en secreto hasta que volviéramos a reunirnos.

—Eso podría jugar a nuestro favor porque, como nadie sabe que está casada, los tipos que andan detrás de usted no tienen ninguna pista de dónde podría estar en este momento –dijo Oakwood–. Ha habido otros científicos que han hecho investigaciones como la suya, pero según parece, ninguno la ha perfeccionado como usted, hasta el punto de que su fórmula está casi lista para ser usada. Hemos averiguado que hay un grupo terrorista, el PFB, que está muy interesado en su investigación porque creen que les ayudaría a pasar contrabando de un país a otro sin ser descubiertos.

–¿Contrabando de qué? –inquirió Crystal.

–Drogas, bombas, armas…

–Pero aún falta bastante para que pueda utilizarse –apuntó ella.

Oakwood asintió.

–Sí, pero como sabe, el PFB ha secuestrado a otros dos químicos que estaban trabajando en proyectos similares y también la habrían secuestrado a usted si su marido no hubiera intervenido –dijo–. El PFB empezó a reclutar miembros hace unos años, y conseguimos infiltrar a uno de nuestros agentes. Gracias a él sabemos lo que sabemos, y por suerte no lo han descubierto.

–Mi esposa no puede seguir ocultándose indefinidamente –intervino Bane–. No puede pasarse la vida huyendo.

–Cierto. Pero el problema al que nos enfrentamos es que no sabemos en quién del Departamento de Seguridad Nacional podemos confiar –matizó Oakwood–. Lo que sí sabemos es que el PFB sigue necesitándola, doctora Westmoreland. Los otros dos químicos no pueden completar la fórmula porque les falta el componente clave que usted está investigando.

Y para impedírselo hemos trazado un plan –dijo, sentándose finalmente.

–Estupendo. ¿Y cuál es el plan? –inquirió Bane.

Por las miradas que cruzaron Quade y Oakwood, tuvo el presentimiento de que no iba a gustarle.

Bane se levantó del sofá como un resorte.

–¡No! ¡Ni de broma! ¡Nadie va a usar a mi esposa como cebo!

Crystal le puso la mano en el brazo.

–Cálmate, Bane, a mí no me parece un mal plan.

Bane bajó la vista hacia ella, mirándola con incredulidad.

–Quieren llevarte a algún sitio y luego dejar que el PFB se entere de dónde estás para que vayan a por ti y…

–Pero cuando vengan a por mí, Oakwood y sus hombres estarán esperándolos para arrestarlos –lo interrumpió ella.

Bane puso los ojos en blanco.

–¿Y si algo sale mal? –le preguntó volviendo a sentarse a su lado–. ¿Y si no logran protegerte? ¿Y si…?

–¿Y si tienen éxito y sale todo bien? –le preguntó ella a su vez, intentando apaciguarlo–. Tengo que confiar en que saldrá bien. Como tú has dicho antes, no puedo pasar el resto de mi vida huyendo.

Bane la abrazó.

–Lo sé, cariño, pero yo no puedo arriesgarme a perderte –murmuró–; no podría soportarlo.

A Crystal se le hizo un nudo en la garganta, pero necesitaba hacerle entender.

–Yo tampoco quiero perderte –dijo, separándose de él para mirarlo–, pero cada vez que te vayas para tomar parte en una misión tendré que aceptar esa posibilidad.

–No es lo mismo. Yo estoy entrenado para enfrentarme a situaciones de riesgo, y tú no.

–Pero estaré protegida, aunque sea desde lejos. ¿Verdad, señor Oakwood?

Este asintió.

–Exacto. Y tenemos a alguien que nos proporciona información desde dentro.

Bane apretó la mandíbula.

–Con eso no basta –le espetó, cruzándose de brazos–. No la dejaré sola; iré con ella y la protegeré.

Oakwood sacudió la cabeza.

–Eso no funcionará. Esa gente esperará que esté sola.

–¡Al cuerno con lo que esperen! –exclamó Bane con el ceño fruncido–. Además, es imposible que no hayan pensado que ha recibido ayuda para lograr escapar de ellos hasta ahora.

–¿Puedo hacer una sugerencia? –intervino Quade.

Todos se volvieron para mirarlo y Quade se puso de pie.

–Cuando Oakwood me expuso su idea, conociendo a Bane como lo conozco, me imaginé que no le parecería bien, y se me ocurrió un plan B. Seguiríamos teniendo que usar a Crystal como cebo, pero Bane podría estar con ella –les dijo–. Pero antes de explicároslo necesito que vengan otras dos personas que serán esenciales para el éxito del plan. Los tres estuvimos hablándolo anoche y estamos convencidos de que podría funcionar.

Salió del estudio y regresó con el prometido de Bailey, Walker Rafferty, y Garth Outlaw.

–Quade me ha puesto al corriente de lo que está pasando y el plan que estáis sopesando –dijo Garth–. Si vais a tenderle una trampa a esos tipos con Crystal como cebo, conozco el lugar perfecto. Mi familia tiene una cabaña en la isla Kodiak, en Alaska. Es un lugar apartado y la cabaña tiene un túnel subterráneo.

–No lo veo claro –intervino Oakwood, rascándose la barbilla–. El PFB no morderá el anzuelo sin asegurarse de que no es una trampa. ¿Por qué iba la doctora Westmoreland a huir a Alaska? Tendríamos que hallar el modo de hacer que resulte convincente.

–En eso también hemos pensado –respondió Garth–. Según tengo entendido, Crystal estudió en Harvard, y da la casualidad de que mi hermano Cash también estaba allí en esa época, haciendo un máster. ¿Quién dice que no se cruzaron alguna vez en el campus?

–Ya veo por dónde vas –murmuró Oakwood pensativo–. El PFB daría por hecho que se conocieron allí y que la doctora Westmoreland, movida por la desesperación, se puso en contacto con Cash y que él le ofreció un lugar seguro donde esconderse: esa cabaña en Alaska.

–Exacto –asintió Quade–. Y por lo que dice Garth, es el sitio perfecto. El túnel subterráneo les serviría para escapar si el plan no funcionase.

–Y además contamos con otra baza –añadió Garth con una sonrisa–: Gracias a los genes de los Westmoreland, Bane y Cash se parecen como si fueran hermanos gemelos. Si los tipos del PFB vieron a Bane con Crystal al salir de su casa, y luego en ese hotel hasta el que los siguieron, saben que está ayudándola, pero no saben quién es. Cuando les hagamos creer que Cash va a ocultarla en su cabaña de Alaska, por el parecido entre ambos pensarán que ha sido él quién ha estado ayudándola desde el principio, un simple civil, y no un SEAL.

–Sí, pero eso solo funcionará si ignoran que Crystal está casada con Bane –apuntó Dillon.

–Bueno, el estado civil de la doctora Westmoreland no figura en los registros de la universidad ni en ningún otro documento oficial –intervino Oakwood–. De hecho, yo no tenía ni idea de que estaba casada hasta que me lo dijo Quade. Pero, por otro lado, Bane siempre ha indicado en los documentos que ha rellenado de la Armada que está casado y que el nombre de su esposa es Crystal Newsome Westmoreland.

Bane se encogió de hombros.

–Tenía que asegurarme de que a Crystal no le faltaría nada si me ocurría algo –dijo rodeándola con un brazo y besándola en la frente–. También tengo un seguro médico que la cubre y una cuenta bancaria a su nombre.

–Pues si los del PFB rascaran un poco más podrían averiguar todo eso con facilidad –observó Dare. Él, como exagente del FBI, debía de saberlo bien.

–Confiemos en que no sentirán la necesidad de rascar tanto –dijo Clint. Miró a Oakwood–. ¿Hay algún modo de bloquear esa información?

–Sí, pero como no sabemos quién es el topo en el Departamento de Seguridad Nacional, ni si tiene un puesto de responsabilidad, hacerlo podría provocar sus sospechas –respondió Oakwood.

Ni Crystal ni Bane dijeron nada cuando los ojos de

los demás se posaron en ellos. La decisión les correspondía a ambos.

–Es una decisión importante; quizá queráis consultarlo con la almohada –sugirió Cole.

Crystal se levantó.

–No será necesario. Agradezco que todos queráis ayudarme, pero lo que me preocupa más que nada es que, aunque esa gente me quiere viva, si Bane se interpone en su camino no se lo pensarán dos veces y lo matarán. Por eso prefiero el plan del señor Oakwood.

–¡Ni hablar! –casi rugió Bane, levantándose también.

Cuando iba a abrir la boca de nuevo para objetar algo más, Crystal le puso un dedo en los labios para interrumpirlo.

–Imaginaba que esa sería tu reacción –dijo sacudiendo la cabeza–. No dejarás de ningún modo que haga esto sin que estés a mi lado para protegerme, ¿no es así?

Bane la miró sin parpadear.

–No.

Crystal suspiró y, dirigiéndose a Oakwood y los demás, dijo:

–Pues entonces iremos juntos a Alaska.

Capítulo Veinte

Crystal y Bane habían pasado todo el día en Carolina del Norte con la familia de él, y habían salido esa mañana con destino a Kodiak, Alaska, en un jet privado que pertenecía a la flota de Outlaw Freight Lines, la compañía de la familia Outlaw, en compañía de Garth, sus hermanos Sloan y Maverick, y también de Walker y Bailey.

Al llegar al pequeño aeropuerto privado de Outlaw Freight Lines habían tomado un todoterreno y habían dejado a Walker y Bailey en su rancho antes de dirigirse a la cabaña.

Garth y sus hermanos les enseñaron la cabaña antes de irse, así como el compartimento secreto en la biblioteca que conducía al túnel subterráneo. La cabaña era increíble, y no solo por lo grande que era y por el espectacular enclave de montaña donde se encontraba, sino también por lo bien equipada que estaba. Crystal no salía de su asombro.

Garth, Sloan y Maverick ya se habían ido, y Oakwood había quedado con Bane en que lo llamaría por la mañana para darle los últimos detalles del plan, y avisarlo cuando filtrasen al PFB el paradero de Crystal para que estuviesen preparados.

Bane le dijo a Crystal que el Departamento de Defensa ya tenía a sus hombres posicionados en los alrededores de la cabaña. Crystal le preguntó, sorprendida, cómo era posible, cuando ella no había visto a ninguno, y él le explicó que si no había advertido su presencia era por lo bien que se mimetizaban con el entorno.

Esa noche Crystal se despertó en mitad de la madrugada. Como no conseguía volver a dormirse, decidió levantarse y ponerse a leer las cartas y tarjetas que Bane le había escrito en los cinco años que habían estado separados, y cuantas más leía, más segura se sentía de su amor por ella.

Sin embargo, cuando iba a levantarse con cuidado para no despertar a Bane, el brazo de este ciñó con más fuerza su cintura. Parecía que tenía el sueño ligero.

—¿Dónde vas?

—A seguir leyendo esas cartas tan bonitas que me escribiste —contestó Crystal, girándose hacia él—; no puedo dormir.

Bane bostezó y se apoyó en el codo para incorporarse un poco.

—Me alegro de que te estén gustando —dijo inclinándose para besarla.

—Significa mucho para mí saber que, a pesar de la distancia, tú también pensabas en mí —murmuró ella—. Bueno, y ahora… ¿me dejas que me levante? —dijo sentándose en la cama.

—Solo si te quedas donde pueda verte.

—Pero si voy a estar en el salón…

Bane sacudió la cabeza.

—Quiero que te quedes aquí conmigo; no pienso arriesgarme a perderte de vista.

Crystal iba a replicar, recordándole que los hombres de Oakwood estaban ahí fuera, protegiéndolos, pero en vez de eso suspiró y le dijo:

–Está bien, si estás seguro de que no te importa que encienda la luz, leeré aquí, en la cama.

–Pues claro que no me importa. De todos modos estoy despierto…

Crystal fue a sacar de su maleta la bolsa de tela con las cartas y las tarjetas de Bane, y de paso sacó también su álbum de fotos. Volvió a la cama y se lo tendió a Bane.

–Un regalo para ti –le dijo.

–Gracias, cariño –respondió él tomándolo.

Se irguió para sentarse en la cama y empezó a pasar las páginas del álbum.

Cuando encontró una foto del día de su boda, sonrió.

–Éramos tan jóvenes… –murmuró Crystal, sonriendo también.

Mientras él seguía viendo el álbum, ella sacó una carta y se puso a leerla.

–¿Esta foto es de tu graduación en el instituto? –le preguntó Bane.

Crystal levantó la vista para mirar la foto que le señalaba.

–Sí. Ese día pensé mucho en ti, porque gracias a ti me gradué en el instituto. Hasta entonces los estudios me habían dado igual, pero me alegré muchísimo cuando me gradué.

Bane siguió pasando páginas y cuando llegó a una fotografía de su ceremonia de graduación en la universidad, comentó:

–¿Verdad que es curioso que Cash y tú estudiaseis en la misma época en la universidad?

Crystal asintió.

–Me habría quedado de piedra si me lo hubiese cruzado en el campus. Es como un doble tuyo –dijo riéndose.

Iba a seguir leyendo cuando sonó el móvil de Bane, que alargó la mano hacia la mesilla para contestar.

–¿Diga?

Bane se quedó escuchando a quien estaba al otro lado de la línea, cuando de repente apretó la mandíbula y preguntó enfadado:

–¿Cómo diablos ha podido pasar eso?

–¿Qué ocurre? –preguntó Crystal preocupada al ver a Bane colgar y ponerse a mandar mensajes de texto como un loco.

Bane la miró y se quedó callado un momento con los labios apretados antes de contestar, como si estuviese intentando controlar su ira.

–Era Oakwood. Alguien de su departamento lo ha fastidiado todo.

–¿Qué quieres decir?

–Han filtrado tu paradero antes de tiempo. Lo único bueno es que sea quien sea el topo ha mordido el anzuelo.

–¿Y lo malo?

Bane resopló.

–Pues que debe ser alguien con un puesto importante en el Departamento de Seguridad Nacional, como habíamos supuesto, porque los hombres de Oakwood han recibido órdenes de arriba para que se retirasen porque un grupo de operaciones especiales se dirigía hacía aquí.

Un escalofrío recorrió la espalda de Crystal.

–¿Los hombres de Oakwood ya no están ahí fuera protegiéndonos?

–Eso he dicho. Pero no tienes que preocuparte; estoy aquí contigo y no te va a pasar nada –le dijo Bane, bajándose de la cama para ponerse los vaqueros–. Y ahora lo que quiero que hagas es que vayas y te ocultes en el túnel.

–¿Vendrás conmigo?

Bane tomó su pistola.

–No. Puede que tenga que retenerlos durante un rato. Oakwood me ha dicho que ha ordenado a sus hombres que vuelvan y confío en que pronto estarán de regreso.

Crystal no quería ni pensar en lo que podría ocurrir si no fuera así. Bane quería que se escondiese en el túnel, donde estaría segura, mientras él tendría que enfrentarse solo a esos tipos hasta que volviesen los hombres de Oakwood.

–Me quedaré aquí contigo –le dijo–. Puede que no sea tan buena disparando como tú, pero sé manejar un arma.

Bane frunció el ceño.

–Ni hablar, no puedo dejar que hagas eso.

–No veo por qué no –replicó ella mientras se vestía también–. Además, no entiendo por qué tendría que esconderme. Me siento perfectamente segura.

Él sacudió la cabeza.

–¿Pero qué estás diciendo?

Crystal lo miró, y sus labios esbozaron una sonrisa.

–Me siento segura porque no tengo a cualquiera protegiéndome: te tengo a ti.

***

Crystal observó sorprendida el arsenal de armas que Bane tenía desplegado sobre la mesa de la biblioteca y lo miró con el ceño fruncido.

–Creía que no podías subir a un avión con un arma… y mucho menos con una maleta llena.

Bane, que estaba comprobando el cargador de una pistola, alzó la vista hacia ella.

–Y no puedes. Fue Bailey quien me las trajo, porque pensó que podríamos necesitarlas. Y como hemos venido hasta aquí en el jet privado de Garth no ha habido ningún problema.

Crystal siguió observando en silencio cómo comprobaba la munición de cada una de las armas. Era casi la una de la madrugada.

–Tienes unos compañeros increíbles –le dijo a Bane–. Me están cayendo bien solo con leer lo que me contabas de ellos en tus cartas. Estoy deseando conocer a Coop; es uno de los que más mencionas en ellas.

Bane se quedó quieto y Crystal vio que su rostro se ensombrecía.

–¿Qué ocurre, Bane?

Él alzó la mirada hacia ella.

–No podrás conocer a Coop… porque lo perdimos en nuestra última misión.

Crystal le puso una mano en el brazo.

–Lo siento muchísimo, Bane. ¿Cómo ocurrió?

–Nos tendieron una trampa y lo tomaron como rehén. Unos días después nos enviaron su uniforme ensangrentado y su placa para que supiéramos qué habían hecho con él.

Crystal le apretó la mano.

–Es horrible… Pobre Coop. Debió de ser muy duro para ti. Por lo que me contabas en tus cartas, parece que erais muy amigos.

Bane asintió.

–Sí, era un buen amigo, como un hermano para mí. Es una lástima que no puedas conocerlo.

Crystal se puso de puntillas y lo besó antes de dar un paso atrás y mirar el reloj de la pared.

–¡Qué raro…! –murmuró.

–¿El qué?

–Pues que no haya llamado nadie –respondió Crystal–. ¿No deberíamos haber recibido al menos noticias de Oakwood? –al ver que Bane no decía nada, escrutó su rostro en silencio–. Tú también lo has pensado, ¿no?

–Sí, lo he pensado, y creo que sé la razón: han debido de bloquear las comunicaciones. Seguramente creen que nos tienen acorralados, pero pude mandarle un mensaje a Walker y a los Outlaw justo después de hablar con Oakwood para ponerles al corriente de lo que estaba pasando. Ya estarán de camino. Crystal, te lo pido por favor: ve al túnel a esconderte.

–Si no te vienes conmigo, no lo haré.

Bane resopló con frustración.

–Está bien. Pues entonces toma esto –dijo alcanzando una pistola de la mesa–. Confío en que no tengas que usarla –murmuró, y se la metió en el bolsillo de la chaqueta.

La luz del techo parpadeó varias veces antes de apagarse, sumiéndolos en la más completa oscuridad.

Capítulo Veintiuno

–¿Bane? –lo llamó Crystal asustada.

–Estoy aquí, a tu lado –respondió él, pasándole un brazo por la cintura.

Crystal dio un respingo cuando oyó que llamaban a la puerta de la cabaña con dos fuertes golpes.

–¿Qué se creen?, ¿que vamos a ir a abrir? –masculló Bane irritado.

–¿Y si fuera Walker?, ¿o los Outlaw? O puede que sea Oakwood…

–No. Oakwood no podría haber llegado en tan poco tiempo. Y acordé una señal con Walker y los Outlaw.

–¿Qué clase de señal?

–El arrullo de una paloma. Y no hemos oído esa señal, así que ya puedes imaginar lo que significa…

Bane deseaba que Crystal le hubiera hecho caso y se hubiese ocultado en el túnel subterráneo. Necesitaba concentrarse al máximo, y no estaba seguro de poder hacerlo con la preocupación de que estuviese allí con él.

Fuera se oyó una voz amplificada, como si estuviesen usando un megáfono.

–¡Cash Outlaw! ¡Crystal Newsome! Nos envía el Departamento de Seguridad Nacional. Señorita Newsome, tiene que venir con nosotros para que podamos ponerla a salvo.

–Ni en sueños –masculló Bane–. Esos bastardos de verdad se piensan que vamos a abrirles la puerta y a dejarles entrar. ¿Qué se creen?, ¿que somos idiotas?

–Si no abren –continuó el hombre del megáfono–, entenderemos que están en peligro y entraremos por la fuerza.

«Allá vosotros», pensó Bane. «Os estoy esperando».

–¿Crees que lo harán de verdad? –le preguntó Crystal.

–Me temo que sí, de modo que preparémonos –respondió él, haciéndola agacharse tras la mesa con él.

En ese momento sintió la vibración de su móvil en el bolsillo. Alguien había conseguido eludir el bloqueo. Se apresuró a leer los mensajes de texto que le habían llegado. Eran de Walker.

–Es Walker. Está ahí fuera con Garth y los otros –le dijo a Crystal–. Dice que ve al menos a cinco hombres rodeando la cabaña. Puede que haya más.

–Bueno, al menos ya no estamos solos.

–Sí, pero se mantendrán agazapados a menos que las cosas se pongan feas. Tenemos que conseguir atrapar por lo menos al cabecilla.

–O sea, que de momento somos nosotros dos contra esos cinco tipos.

–Quiero que te quedes agachada, Crystal –le dijo Bane–. No te harán daño porque eres demasiado valiosa para ellos.

–Pero Bane…

De pronto se oyó un golpe tremendo. Parecía que habían tirado abajo la puerta.

***

–Shh… Alguien ha entrado –le siseó Bane a Crystal.

Se quedaron escuchando.

–Señorita Newsome, díganos dónde está. Sabemos que cree que está a salvo con su amigo Cash Outlaw, pero tenemos razones para desconfiar de él. Necesitamos que salga de su escondite para poder ponerla a salvo.

Se oyeron pasos que iban de una habitación a otra. Había entrado más de un hombre en la casa. De pronto volvió la luz.

–Quédate agachada –le ordenó Bane, antes de incorporarse, apuntando su pistola hacia la puerta.

Crystal no obedeció, sino que se levantó también, y en ese momento entraron dos hombres armados. Bane maldijo algo entre dientes y la hizo ponerse detrás de él.

–¿Está bien, señorita Newsome? –le preguntó uno de los hombres.

–Estoy bien –respondió ella, asomando un poco la cabeza para echarles un vistazo.

Los dos iban vestidos con ropa de camuflaje. Uno medía cerca de dos metros, y el otro casi metro ochenta. Rondarían los cuarenta, y los dos estaban apuntando a Bane, que los estaba apuntando a ellos también.

–Entonces, dígale a su amigo que baje el arma –dijo el más bajo de los dos.

–¿Por qué no bajan ustedes las suyas? –le espetó Crystal, con el corazón en la garganta.

Estaba muy asustada. Aquella escena le recordaba demasiado a la pesadilla que había tenido hacía unos días.

–No podemos hacer eso. Como le hemos dicho, tenemos motivos para creer que su amigo es peligroso.

–¿Y cómo sé que ustedes son quienes dicen ser?

Por la expresión del tipo, era evidente que estaba empezando a irritarlo.

–Mi nombre es Gene Sharrod, jefe de la división CLT, y mi compañero es Ron Blackmon, jefe de la división DMP.

–¿Y por qué iban a enviar a los jefes de dos divisiones en persona a por mí? –inquirió ella.

–La gente que quiere secuestrarla pretende dar un mal uso a su investigación –respondió Sharrod–, y eso podría ser una amenaza para la seguridad de nuestro país.

–Lo sé; recibí una nota advirtiéndome–respondió ella, con toda la intención.

–Y ha hecho lo correcto al hacer caso a esa advertencia y ocultarse, pero ahora debe dejar que nos ocupemos nosotros; la mantendremos a salvo.

–¿Y cómo saben qué decía esa nota? –le espetó ella, levantando la barbilla.

El tipo hizo una mueca, como si se hubiese dado cuenta de que acababa de meter la pata.

–Bueno, ya hemos charlado bastante –intervino Bane enfadado–. La cuestión es que ella no va a ir a ninguna parte con vosotros.

–No está en situación de opinar, Outlaw –dijo Blackmon–. Por si no se ha dado cuenta, tiene dos armas apuntándole, así que le sugiero que tire la suya al suelo.

–Y yo os sugiero que lo hagáis vosotros –respondió Bane con aspereza.

Sharrod tuvo la osadía de reírse.

–¿De verdad se cree que podría con nosotros dos usted solo, señor Outlaw? –le espetó en un tono burlón.

Una sonrisa altanera asomó a los labios de Bane.

–Ya lo creo que sí. Y mi nombre no es Outlaw. Cash Outlaw es mi primo. Yo soy Brisbane Westmoreland, SEAL de la Armada, número SEA348907. Francotirador, para más señas. Así que estáis advertidos: puedo volaros la cabeza sin salpicar siquiera la alfombra de sangre.

Blackmon pareció sobresaltado por sus palabras, pero Sharrod estaba mirándolo como si pensara que estaba tirándose un farol.

–Les está diciendo la verdad –dijo Crystal.

Los ojos de Sharrod relampaguearon.

–No vamos a irnos de aquí sin ti, guapa.

–¿Queréis apostar? –los desafió Bane–. Mi esposa no va a ir a ninguna parte con vosotros.

–¿Esposa? –repitió Sharrod aturdido.

–Sí, su esposa –confirmó Crystal, levantando su mano izquierda para que vieran el anillo.

–Ya me he cansado de hablar –dijo Bane–. Bajad vuestras armas de una maldita vez.

Blackmon lo miró con los ojos entornados.

–Como ha dicho mi compañero, no estás en situación de dar órdenes.

Antes de que Crystal pudiera parpadear, Bane hizo dos disparos y las pistolas cayeron de las manos de los dos hombres.

–Ahora sí –se jactó Bane.

Los hombres se doblaron, aullando de dolor. Entonces se oyó el arrullo de una paloma, y poco después entraban Walker, Bailey y Garth, que también estaban armados.

–¿Estáis bien? –preguntó Bailey, yendo junto a ellos–. Sloan y Maverick están fuera, ocupándose de los otros –añadió mientras Walker y Garth ataban a Sharrod y Blackmon.

–Te arrepentirás de esto, Outlaw, o como te llames –amenazó Blackmon a Bane–. El Departamento de Seguridad Nacional te hará pagar por esto. Estás traicionando a tu país.

–No, sois vosotros los que estáis traicionándolo –dijo Oakwood, apareciendo en ese momento–. Gene Sharrod, Ron Blackmon, estáis los dos arrestados. Lleváoslos de aquí –les dijo a sus hombres, que entraban detrás de él.

Cuando se hubieron marchado, Bane se volvió hacia Crystal.

–Te dije que te quedaras agachada –le dijo frunciendo el ceño.

–Lo sé –respondió ella–, pero te olvidaste de algo que me dijiste antes.

–¿El qué?

–Que estamos juntos en esto –murmuró Crystal.

Y cuando se puso de puntillas para besarlo, él la atrajo hacia sí y respondió al beso con pasión, sin importarle nada que tuviesen público.

Capítulo Veintidós

Una semana después

El día anterior Bane había recibido una llamada de Oakwood informándole de que Sharrod se había derrumbado durante el interrogatorio y lo había confesado todo, incluido el paradero de los dos químicos secuestrados, a los que ya habían rescatado.

Crystal y Bane estaban viviendo en la cabaña que construyó para ella años atrás, y ya estaban planeando la construcción del que sería su hogar en los terrenos que él había heredado.

Esa noche habían acudido a casa de Dillon a tomar parte en lo que se había convertido en una tradición familiar: cada viernes por la noche se reunían todos para cenar, y luego los hombres jugaban una partida de póquer mientras las mujeres veían una película o charlaban.

Crystal estaba sentada junto a Bane en la mesa, rodeada por los hermanos y los primos de este y sus cónyuges. Y sus hijos, un montón de niños adorables que eran la alegría de sus padres y que hicieron a Crystal desear más que nunca tener en un futuro próximo un bebé con Bane.

Dillon había hecho un brindis por Bane y por ella, dándole oficialmente la bienvenida a la familia, y diciéndole que se sentían orgullosos de ellos. También les dio su bendición, como sabía que sus padres habrían hecho, y les deseó que estuvieran muchos años juntos y que fueran muy felices. Sus palabras casi la hicieron llorar de emoción.

Poco después, cuando habían terminado de cenar, sonó el móvil de Bane.

—Es mi comandante —dijo al mirar la pantalla—. Perdonadme un momento.

Crystal lo siguió con la mirada mientras abandonaba el comedor y tragó saliva. En teoría, Bane iba a estar de permiso hasta marzo. ¿Habría ocurrido algo? ¿Estarían llamando a todo su equipo para una nueva misión? Solo faltaban dos semanas para Navidad…

Además, era su primera semana juntos después de todo el estrés por el que habían pasado. No estaba segura de cómo lo sobrellevaría si de repente Bane tuviera que irse.

«Como la esposa de cualquier otro SEAL», le respondió una voz en su interior. «Porque lo quieres, lo apoyarás y aguardarás con resignación su regreso para recibirlo con los brazos abiertos». De pronto, solo con pensar eso, una sensación de paz la invadió.

—¿Qué ocurre, Bane? —le preguntó Dillon cuando volvió al comedor.

Crystal y los demás se volvieron para mirarlo. Bane parecía aturdido.

—Esta noche han recibido una llamada del Pentágono. Coop está vivo y lo tienen prisionero en algún lugar de Siria.

**

149

–¿Tu compañero? –inquirió Crystal, levantándose para ir junto a él.

–Sí. Están reuniendo a nuestro equipo para ir a rescatarlo a él y a otros rehenes.

–¿Y cuándo tienes que irte? –preguntó ella en un tono quedo.

–No me voy –replicó él, poniéndole una mano en el hombro–. Mi comandante solo quería que lo supiera. Está al corriente de todo por lo que hemos pasado y me ha dicho que me eximiría de la misión si era lo que quería.

Crystal escrutó su rostro en silencio.

–Pero eso no es lo que quieres en realidad, ¿no es así?

Bane se pasó una mano por el rostro.

–Si me fuera, no sé cuándo regresaría. No falta nada para las Navidades, y quiero pasar cada día contigo. Nos lo merecemos.

–Yo también quiero que pasemos las Navidades juntos, pero tienes que irte –respondió Crystal, sin creerse que estuviese diciéndole aquello–. Coop es tu mejor amigo.

–Y tú eres mi esposa.

–Sí, la esposa de un SEAL –matizó ella, esbozando una sonrisa–. Debo aceptar que habrá ocasiones en las que por tu trabajo tendrás que ausentarte. Estaré bien, Bane. Y si no puedes volver para Navidad, no pasará nada porque no estaré sola. Por primera vez en mi vida, gracias a ti, tengo una familia de verdad –dijo mirando al resto de los Westmoreland.

–Pues claro que sí –dijo Dillon–. Estaremos al lado de Crystal en todo momento.

–Gracias –respondió ella, antes de girarse de nuevo hacia Bane–. Márchate y no te preocupes. Cuídate, y trae a Coop de vuelta a casa.

Bane se quedó mirándola un buen rato antes de atraerla hacia sí y abrazarla con fuerza.

–Gracias, Crystal –murmuró–. Por comprenderlo, y por tu amor.

Dillon detuvo el coche frente a la cabaña y giró la cabeza hacia Crystal.

–Tenías que haberte quedado a pasar la noche con nosotros –le reprochó–. Es Nochebuena; me sabe mal dejarte aquí sola.

–No te preocupes; estaré bien –lo tranquilizó Crystal, esbozando una sonrisa.

–Es que le prometimos a Bane que cuidaríamos de ti.

–Y lo estáis haciendo. No te preocupes más. Estaré bien, de verdad –le reiteró ella.

Y estaría mucho mejor si Bane llamase, pero no había tenido noticias de él desde que se marchara, hacía ya tres semanas. Les había dicho que no había manera de saber cuánto tiempo les llevaría aquella misión, pero Crystal solo le pedía a Dios que estuviera a salvo.

Durante esas tres semanas, para no pensar demasiado, había intentado mantenerse ocupada. Bane le había dejado los planos de la nueva casa para que los estudiase con calma mientras él estaba fuera y hablase con el arquitecto. La mujer de Jason, Bella, la había invitado en varias ocasiones a tomar el té, y había ido de compras unas cuantas veces con algunas de sus cuñadas.

Y la semana anterior había tenido que ir a Washington a declarar. Dillon, Canyon y sus esposas la habían acompañado. El director del Departamento de Seguridad Nacional le había pedido que le diera las gracias a Bane por haber ayudado a desenmascarar a quienes habían estado colaborando desde dentro con la PFB. También le había dicho que eran conscientes del valor de su investigación, y querían que, junto con los otros dos bioquímicos liberados, fueran a la capital para completarla bajo la protección del Gobierno. Crystal le había prometido que lo pensaría, pero que no tomaría ninguna decisión hasta que su marido regresara.

—Al principio, cuando Bane entró en los SEAL, me preocupaba muchísimo cada vez que lo mandaban a una de esas misiones —dijo Dillon mientras Crystal se desabrochaba el cinturón de seguridad—. Pero con el tiempo me di cuenta de que no servía de nada preocuparse. Además, si alguien tiene que preocuparse son los malhechores a los que se enfrenta.

—Es verdad —murmuró con una sonrisa.

Dillon se bajó del coche para ir a abrirle la puerta.

—Pero mañana sí que vendrás a desayunar con nosotros, ¿no? —le preguntó.

—Pues claro. No faltaré.

—Estupendo. Los Outlaw llegarán a mediodía con Bailey y Walker, y también vendrán algunos de los Westmoreland de Atlanta —le dijo Dillon mientras la acompañaba hasta la puerta de la cabaña—. Bueno, ya sabes qué tienes que hacer cuando entres, ¿verdad?

Crystal se rio.

—Que sí, que no me olvido…

Como la cabaña estaba en una zona solitaria, los

Westmoreland se negaban a dejar que volviese a casa sola, y alguno la acercaba en su coche. Y luego, antes de que se fueran, ella tenía que hacerles una señal desde la ventana del salón, abriendo y cerrando las lamas de la persiana con la luz encendida para que supieran que estaba todo bien.

–Buenas noches, Dillon.

–Buenas noches.

Epílogo

Al abrir la puerta y entrar en la casa se alegró de haber dejado la chimenea encendida. Hacía un calorcito muy agradable dentro de la cabaña. Iba a ir a la ventana para hacerle la señal a Dillon, cuando por el rabillo del ojo vio algo moverse. El corazón le dio un vuelco, pero al volverse una enorme sonrisa iluminó su rostro.

–¡Bane!

Corrió junto a él, y sus fuertes brazos la engulleron al tiempo que sus labios se fundieron con los de ella. Las lenguas de ambos se entrelazaron frenéticas mientras devoraban la boca del otro.

–No sabes cuánto te he echado de menos –murmuró Bane cuando se separaron sus labios.

–Yo también te he echado de menos a ti –dijo ella.

Bane debía de acabar de salir de la ducha, porque tenía el cabello húmedo y olía a *aftershave*.

–¿Por qué no me has llamado para decirme que volvías a casa esta noche? –lo reprendió ella.

Una sonrisa se dibujó en los labios de él.

–Porque quería darte una sorpresa. Nuestra misión ha sido un éxito, aunque hubo momentos de mucho peligro. Tenían retenidos a Coop y a otros dos prisioneros americanos en un escondite en las montañas –le explicó–. Llegar allí fue una odisea y sacarlos con vida aún más, pero lo conseguimos. No ha habido ninguna baja que lamentar, ni ningún herido –se quedó callado un momento antes de añadir–: No sabes cómo se alegró Coop de vernos. Nos dijo que lo que lo ayudó a no perder la cordura era que estaba convencido de que volveríamos a rescatarlo.

Crystal iba a decir algo cuando de repente se oyeron dos fuertes golpes en la puerta.

–¡Ay, me había olvidado! –exclamó Crystal, llevándose una mano a los labios–. Me ha traído a casa y se me ha olvidado hacer la señal que habíamos convenido para hacerle saber que todo estaba bien –le explicó mientras iba a abrir.

–Crystal, ¿estás bien? –inquirió Dillon en cuanto abrió–. Al ver que no hacías la señal me he pre… ¡Bane! –exclamó al ver a su hermano.

Los dos se dieron un gran abrazo.

–Me alegra volver a verte de una pieza –dijo Dillon sonriente.

Bane atrajo a Crystal hacia sí y le plantó un beso en la frente.

–Y yo me alegro de estar de vuelta.

–Le diré a los demás que ya estás en casa –dijo Dillon–. Y supongo que ya no nos veremos para desayunar como habíamos quedado, Crystal –añadió con una sonrisa pícara–. Algo me dice que mañana no os levantaréis muy temprano.

–Ya lo creo que no –respondió Bane por ella–. Pero sí que intentaremos llegar a la cena.

Dillon se rio.

–Os esperaremos –miró su reloj–. ¡Vaya, ya es medianoche! Feliz Navidad a los dos.

–Feliz Navidad, Dillon –dijo Crystal, apoyando la cabeza en el pecho de Bane.

Cuando su hermano se hubo marchado, Bane le rodeó la cintura con los brazos y después de mirar a su alrededor le dijo:

—Me encanta el abeto que has puesto, y cómo has adornado el salón.

—Gracias. Riley lo cortó y me ayudó a traerlo. Me divertí colgándole todos los adornos y el espumillón.

—Ya he puesto tu regalo debajo de él —dijo Bane.

Crystal giró la cabeza y vio una caja enorme de color rojo con un lazo plateado. Miró a Bane con ojos brillantes y le preguntó:

—¿Qué hay dentro?

Bane esbozó una sonrisa enigmática.

—Para saberlo tendrás que esperar a mañana por la mañana. ¿Crees que podrás aguantar?

Crystal se rio.

—Bueno, creo que después de haber esperado cinco años, y ahora tres semanas, me parece que unas horas más no serán tanto.

Bane también se rio.

—Feliz Navidad, cariño.

Ella le rodeó el cuello con los brazos y, mirándolo con amor, le susurró:

—Feliz Navidad a ti también, Bane.

Cuando sus labios se unieron, Crystal supo que, como Bane le había dicho, aquello era solo el principio. Tenían por delante el resto de sus vidas.

Treinta días juntos

Andrea Laurence

Amelia y Tyler, amigos íntimos, se habían casado en Las Vegas por capricho. Pero antes de que pudieran divorciarse, ella le confesó que estaba embarazada, por lo que Tyler no estaba dispuesto a consentir que cada uno siguiera su camino.

Amelia siempre había soñado con un matrimonio perfecto y no creía que aquel millonario fuera el hombre de su vida, a pesar de la amistad que los unía. Sin embargo, le dio un mes para que le demostrara que estaba equivocada.

Tenía treinta días para demostrarle
que era el marido perfecto

¡YA EN TU PUNTO DE VENTA!

Acepte 2 de nuestras mejores novelas de amor GRATIS

¡Y reciba un regalo sorpresa!

Oferta especial de tiempo limitado

Rellene el cupón y envíelo a

Harlequin Reader Service®
3010 Walden Ave.
P.O. Box 1867
Buffalo, N.Y. 14240-1867

¡Si! Por favor, envíenme 2 novelas de amor de Harlequin (1 Bianca® y 1 Deseo®) gratis, más el regalo sorpresa. Luego remítanme 4 novelas nuevas todos los meses, las cuales recibiré mucho antes de que aparezcan en librerías, y factúrenme al bajo precio de $3,24 cada una, más $0,25 por envío e impuesto de ventas, si corresponde*. Este es el precio total, y es un ahorro de casi el 20% sobre el precio de portada. !Una oferta excelente! Entiendo que el hecho de aceptar estos libros y el regalo no me obliga en forma alguna a la compra de libros adicionales. Y también que puedo devolver cualquier envío y cancelar en cualquier momento. Aún si decido no comprar ningún otro libro de Harlequin, los 2 libros gratis y el regalo sorpresa son míos para siempre.

416 LBN DU7N

Nombre y apellido	(Por favor, letra de molde)	
Dirección	Apartamento No.	
Ciudad	Estado	Zona postal

Esta oferta se limita a un pedido por hogar y no está disponible para los subscriptores actuales de Deseo® y Bianca®.
*Los términos y precios quedan sujetos a cambios sin aviso previo.
Impuestos de ventas aplican en N.Y.

SPN-03   ©2003 Harlequin Enterprises Limited

Bianca

**Por fin la tenía donde la deseaba…
en el lecho nupcial**

Cuando Emily Blake besó
al increíble conde italiano
Rafaele di Salis no imaginaba que algún día acaba-
ría casándose con él para
cumplir los deseos de su di-
funto padre. Emily había
accedido a ser su esposa
hasta que cumpliera los
veintiún años…

El conde Rafaele llevaba
dos años intentando con-
trolar la pasión porque su
esposa era muy joven y no
quería pedirle nada hasta
que no fuese lo bastante
mujer para enfrentarse a
él… Pero ahora que por fin
tenía veintiún años… la haría suya.

ESPOSA A LA FUERZA
SARA CRAVEN

Deseo

TATE

Chantaje y placer

ROBYN GRADY

El multimillonario Tate Bridges jamás permitiría que nada pusiera en peligro lo que le pertenecía, ya fuera su imperio empresarial o su familia. Estaba dispuesto a todo para proteger a los suyos, incluso a chantajear a la única mujer a la que había amado.

Necesitaba desesperadamente la ayuda de Donna Wilks, y para conseguirla no dudaría en utilizar los problemas que sabía que ella tenía. Pero cuanto más la presionaba, más sentía la pasión que siempre había habido entre ellos, hasta que llegó a un punto en que no sabía si lo que quería de Donna era negocios o placer.

*La había chantajeado para que volviera
a su vida… pero tendría que seducirla
para que volviera a su cama*

¡YA EN TU PUNTO DE VENTA!